JN059799

伯爵令嬢は魔法を操るイケメン公爵に娶られ溺愛されてます

私の針仕事が旦那様のお命を救うんですか!?

北山すずな

Illustration
すがはらりゅう

gabriella books

伯爵令嬢は魔法を操るイケメン公爵に娶られ溺愛されてます
私の針仕事が旦那様のお命を救うんですか!?

contents

プロローグ …… 4

第一章 …… 29

第二章 …… 64

第三章 …… 99

第四章 …… 144

第五章 …… 208

第六章 …… 246

第七章 …… 280

エピローグ …… 298

あとがき …… 302

プロローグ

「ミリアお嬢様ぁ、もう勘弁してくださいませ。さあ、お着替えを」

と乳母のヘラが夜着を両手に持って言う。

少女の前のテーブルには靴下や手袋、リネンのタオルや糸が散らばっていた。

「いやよ、まだ縫いたいの！　メイドたちはみんな逃げちゃった。早く破れた服を出して」

少女は目をギラギラさせて訴えたが、ヘラは両手を広げて首を振る。

「もうございません、ここには繕い物などございません。お屋敷中探したってありません、お嬢様が全部繕っておしまいになったじゃありませんか。……そんなに縫いたければ、ハンカチに刺繍《ししゅう》でもなさったらよろしいのですよ」

「そんな……つまらない。破れたものを元通りにするほうがおもしろいのよ」

「いつまでも駄々《だだ》をこねてはいけません。さあ、片付けますよ」

そう言われた少女はがっかりした顔で、赤い巾着袋を両手でぎゅっと握りしめた。

そこには彼女の大切な七つ道具が入っているのだ。

祖母からもらった真鍮《しんちゅう》の針入れやピンクッションや小さな鋏《はさみ》――。

ヘラはそれを取り上げこそしなかったが、気ぜわしそうにミリアをベッドへと追い立てる。

「ほら、もうお休みにならないと。今夜は当家で舞踏会があるのでほうぼうからお客様がいらっしゃいます。なんでも公爵様の大奥様が静養のためにこの地方にご滞在だそうで、旦那様が歓迎の宴をお開きなのですよ。公爵夫人の心証をよくしておけば上のお嬢様方によいご縁談があるかもしれません」

旦那様というのは、ミリアの父であり、エタンセル伯爵のことだ。

エタンセルは王都から馬を走らせて、最速でも五日かかる辺境領である。

伯爵の長男は洗練された立ち居振る舞いを身につけるため、都会の親戚筋に修行に行っており、他には三人の娘がいる。

ミリアは末娘で、二人の姉は既に社交界にデビューしていた。

「お姉様たち、結婚なさるの？」

「いえ、身分の高いお客様と懇意になっておけば、そういうこともあるかもしれないという話でございます。ミリアお嬢様にはまだ先のことでございますよ。お子様がこんな日暮れ時にふらふらしていては外聞がよくありません、さあ、夜着に着替えてベッドにお入りなさいませ」

ミリアはヘラの言うことを聞く気はさらさらなかった。

今、寝室に閉じ込められたらおしまいだ。

楽しそうな宴の音を聞きながら、寝付けずに退屈な夜を過ごさなくてはならない。

夜会のある日は使用人が総出で働くために、特に早く寝かしつけられてしまう。

「まだこんなに明るいのに。それに来年十三歳になるから、もう小さな子どもじゃないわ」

貴族には幼少期のうちに婚約する令嬢もいるし、十三で結婚することも珍しくない。

「あっ、お待ちください、お嬢様！」

少女は子ども部屋を出ると小階段を下り、庭に出る。

ここエタンセル伯爵領は温暖な地域で、晩秋でもまだ日が長い。

前庭には既にお客の馬車が何台か停《と》まっていた。

ヘラを気にして後ろを振り返りながら走っていたら、誰かにぶつかった。

「きゃっ」

「あ、ごめん」

転びそうになった少女の腕を引き上げ、「大丈夫か」と言ったのは黒髪の青年だった。

今夜は仮面舞踏会なのか、彼は白地に金彩をほどこした布製のマスケラをつけ、白いシャツにクラヴァットをつけていたが、黒い燕尾コートは脱いで脇に抱えていた。

「けがはない？」

「は、はい……！」

夜会に来たお客様のひとりだと思うと、緊張してしまう。

「よかった。きみはここの子ども？　どこか隠れるところを知らないか？」

――まあ、かくれんぼしてるの、この人？

少女は彼の事情を察すると、にっこりと笑った。

「……あるわ！　ちょうどわたしもそこへ行くところなの」

少女はそう言って彼の手を引き、煉瓦《れんが》の小道を通り抜ける。

細い通路の左壁からは茫々《ぼうぼう》と草がしだれ落ち、足もとには荷車の輪っかや積み残しの煉瓦が転がっている。

つまり、ここはふだんお客様の通ることのない、手入れされていない場所だ。

小路の突き当たりを右に曲がると、とっておきの隠れ場所が現れる。

ミリアは、いつもヘラのお小言から逃げる時はここに来る。

そこは小さな箱庭になっていて、四季咲きの薔薇《ばら》の花であふれている。

祖母が日向《ひなた》で薔薇を眺められるようにと作ったものだが、その祖母ももういない。

「ほら。薔薇のドームの中なら誰にも見つからないでしょ」

少女の指さした先に、蔓薔薇を這《は》わせた半球型の枠が据え置かれ、中は空洞になっていた。

「狭いけど、ここから入るの」

「なるほど、ありがたい」

青年は腰を屈《かが》めてその中に入っていき、少女も後に続いた。

甘い薔薇の香りに包まれ、二人で息を潜める。

彼が誰から逃げているのかは知らない。

膝を曲げて腰を下ろしていても、青年の足は長くて窮屈そうだった。

しばらくすると、壁の向こうで「ラインハルト様、ラインハルト様」と騒ぐ若い女性の声が通り過ぎ、やがて静かになった。

「ああ、もう大丈夫そうだ。助かった。さて、行くか……」

と立ち上がりかけて、青年が呻《うめ》いた。

「痛た……」

見ると、彼のシャツの肩に薔薇の棘《とげ》が引っかかっていた。

「ふふ。急に立っちゃだめなの。わたしもよく、髪の毛に蔓《つる》がからまっちゃ――」

彼女はそう言いかけて、言葉を途切れさせた。

「うん？　どうかした……えっ？」

青年がこちらを見て、ぎょっとした。

少女の目が異様に輝いていたからだろう。

「そのシャツ、肩のところ……破れちゃってますね？」

「あ、ああ……今、薔薇の棘で……きみ、どうした？」

ヘラにねだっても屋敷中を探してもないと言われた繕い物が目の前にある。その嬉《うれ》しさに、ハァハァと喘《あえ》ぎながら少女は手に持っていた赤い巾着袋の口を開いた。

「わたし……縫えます、繕わせてください！　はい、ちゃんと座って！」

「いや、いいよ、きみの責任ではないし、コートを着ればわからないから――」

青年は遠慮したが、少女は獲物を逃すつもりはさらさらなかった。

三度の飯より繕い物が好きなのだ。

これをやらなかったら、今夜悔しくて眠れない。

少女は巾着袋からピンクッションを出して、か細い手首に巻きつける。

既に白い糸の通った針を抜き、糸をぴんと引っ張って捩《よじ》れを戻した。

「ふふっ」

彼女はにっこりと笑った。

そして、後ずさりしようとする青年の膝の上にちょこんと乗ると、有無を言わさず、彼の肩のカギザギを縫い始めた。

「いや、本当に――」

「だめ、動くと針が刺さっちゃいますよ？」

青年はミリアのような幼さの残る娘に縫い物などできないと思ったかもしれない。

しかし、彼女が作業を始めると、じっと任せるしかなかったようだ。

もうどうにでもなれというように見守っていた。

ミリアは、彼の心情などおかまいなしに、ひたすら手を動かした。

ふだんは使用人のウールや麻という粗い布が多いが、今日は極上の絹である。

目も細かく光沢も美しい白絹をいかに目立たないように縫い合わせるかが、腕の見せ所なのだ。なんてわくわくする作業だろう。

薔薇の香りが漂い、遠くで舞踏会の音楽が聞こえるが、ミリアの頭には入ってこない。

彼女は青い大きな瞳を輝かせて無心に繕った。

彼女の腕前は今日は特に冴《さ》えていた。

これまでで最高の出来栄えだ、と思った。

その間ずっとマスケラの奥から、感慨に満ちた黒い瞳がこちらに向けられていたことには気づきもしなかった。

＊　＊　＊

それから五年後――。

エタンセル家に突然、高貴なお客がやってきて、屋敷は大騒ぎとなった。

「公爵閣下がお忍びでいらしたそうです。ミリアお嬢様もご挨拶をすることになるでしょうから、一張羅のドレスをお召しになってください」

しかし、ミリアにとってなんの興味もわかない。

「ふーん」

公爵閣下と知り合いだなんて、お父さまも隅に置けないわね、というくらいのものだ。

彼女の気持ちとは関係なく、ヘラは来月の夜会用に新調したドレスをいそいそと着せ付ける。

まず、最初に白いリネンのシュミーズを着て、その上からコルセットをあてがう。

「お嬢様？　コルセットをつける時はちゃんと姿勢を正してくださいませ。着崩れたらみっともないですよ。いいですか？　もうお嬢様も妙齢なのですから、どこにどんな良縁が転がっているかわからないと肝に銘じて、いつなんどきも淑女としてのお振舞いを！」

ヘラがそう言ってコルセットの紐《ひも》をぐいっと締め上げる。

ミリアはふらつかないように踏ん張りながら、これでは淑女どころかまるで鎧《よろい》をつけた兵士みたいだと思った。

「だって、公爵閣下ってお父様と同じくらいのお年でしょ？　それに夜会にいらっしゃる殿方はみんなぴしっとしすぎよ。繕うところがひとつもなくてつまらないんですもの。ブリーチズのおしりが破れているような殿方とならば喜んでおつきあいするわ」

「……お嬢様っ、なんてはしたないことを！　そんなことは絶対に外でおっしゃらないでくださいませ！　いえ、外でも内でもですが」

それからヘラはミリアの足元にスカートの下につける鳥籠のようなパニエを広げた。

「お嬢様、お入りくださいませ」

言われるままにその中に足を入れると、ヘラがパニエを引っ張り上げて腰の位置で紐を結んだ。

さらにアンダースカートを頭からかぶってパニエに添わせる。

その時、執事のクスターが扉を叩《たた》いてヘラを廊下に呼び出した。

「お嬢様、そのまま、お待ちくださいまし」

最初二人はひそひそ声で話していたが、突然「なんですって！」とヘラが叫んだ。

ミリアは驚いて扉に耳を寄せたが、よく聞こえない。

「どうしたの、ヘラ？」

ミリアは着替え途中の姿のまま声を張り上げたが、ヘラはそれには返事をせず、またぼそぼそと執事と内緒話をし、数分後に部屋に戻ってきた。

「お嬢様、盗み聞きはよろしくありませんと、いつもあたしは申しておりましたよね」

「そうだけど……ヘラが大声を出したからよ。クスターの用事はなんだったの？」

ヘラは浮かない顔で答える。

「そのことですが、お嬢様、お召し替えの必要はなくなりました」

「そう、よかったじゃない。じゃあ、コルセットをほどいて。窮屈でたまらないわ」

そしてミリアは嬉々《きき》として日常着を着直したが、それを手伝うヘラの手がいつもよりのろく、落胆した様子がありありとわかる。

ミリアが貴人に挨拶するチャンスを逃したことがよほど堪えたらしい。

「全くお嬢様は……一張羅のドレスをお召しになってお口を閉じ、すましていらっしゃったなら、どんな殿方の心も虜《とりこ》にしてしまわれる美貌をお持ちなのに、いくらお声がかかっても全くその気におなりにならないなんて」

外見なんかよりも、裁縫の腕を褒められたいミリアだった。

「旦那様も旦那様です。いくら末のお嬢様がおかわいくて手放しがたいからといって、せっかくよい縁談があってもお嬢様の『いや』のひと言でほいほいと断っておしまいになって。……もったいないことでございます」

いつにもまして愚痴の多いことだ。

ヘラは乳母といっても独身で、子守りとして十七年も伯爵家に仕えてきた。

ミリアが赤ん坊の時からずっと面倒を見てくれた親代わりのような存在だ。

その間に、兄も自立し、二人の姉も既にそこそこの家に嫁いだ。

ヘラは今、三十代半ばだが、四人の中でもいちばん手がかかるミリアの養育に人生を捧《ささ》げたといってても過言ではなく、赤毛をひっつめて頭巾をつけているせいか、実際の年より老けて見える。

実の親と同様に、いやそれ以上にミリアの嫁ぎ先について気を揉《も》んでいるのだろう。

ヘラの手がなかなか進まないので、ミリアは自分でボディスとガウンドレスをピンで留《とど》めつけていった。

「だって、さっきも言ったとおり、ほころびひとつない男性なんて」

「破れた服を着るような身なりのだらしない殿方はお嬢様に釣り合いません。ヘラは……、ヘラは情けのうございます！」

そう言って、彼女は涙ぐんでいる。

「泣くなんて……どうしたの？　クスターに何を言われたの？」

ヘラはミリアの一張羅のドレスを名残惜しそうにクローゼットに片づけると、言った。

「旦那様からのご伝言で、お嬢様をお部屋から出すなとのお達しです」

それは珍しい命令だ。

いつもなら、夜会に出ろと言われてしぶしぶ出るのが常なのに。

「どうして？」

「なんでも、公爵閣下は、数年前の夜会の時に出会った使用人の娘を探してこられたということです。名前もわからないその娘はどうやら閣下に大変な失礼をしたらしく、きついお叱りを受けるのではないかと……」

ヘラがクスターから聞いた話というは理不尽なものだった。

「数年前のことを今さら？　なんてしつこい人なの。……で、その子は誰かわかった？　何をしたの？」

「それが……クスターさんもところどころしか聞こえなかったそうなので詳しいことはわからないのですが、その娘はこう、はしたなくも閣下の膝に馬乗りになったと……おお、なんと畏れ多いこと！」

ヘラは本当に恐ろしそうにぶるぶると首を振る。

ミリアは憤慨した。

「まあ、よほど小さくて人懐っこい幼児だったでしょうに。それなのに閣下はお怒りに？　心の狭い人ね。……でも、どうしてわたしが部屋を出てはいけないの？」

ヘラは自分を落ち着かせるように、長い溜息《ためいき》をつくと言った。

「今、若い女の使用人を全員集めて閣下の前に並べ、犯人を探しているようなのでございます。惨《むご》い刑罰が行われるかもしれませんから、お嬢様のお目に触れさせたくないという親心でございましょう」

「そんな……！」

ミリアは召使いたちの顔を思い浮かべた。

特にまだ子どもといえるような幼い使用人たちを。

みんな、破れたエプロンや、ちぎれた袖や、穴の開いた靴下――彼女の大好物を提供してくれる大事な友達だ。

その誰かひとりが、連れ去られるか、手討ちに遭《あ》ってしまうかもしれない。

――そんなの、嫌……！

「お父様には大切な使用人を守ろうというお考えはないのかしら？」

ミリアはすぐにでも抗議に行こうとしていた。

日常着に戻していてよかったと密《ひそ》かに思う。

新調したドレスよりはくつろいだデザインだが、ピンクの小花柄のボディス、同じ柄のスカートには共布をフリル状に縫いつけてボリュームを出し、七分袖には白いレース飾りをつけてあるから、人前に出ても決して見苦しくはない。

ミリアは肩に薄いリネンのフィシューをかけて胸元で蝶結《ちょうむす》びにした。

「これでいいわね」

ミリアは鏡を見て自分で及第点を出した。

お客様の前に出てもこれなら大丈夫。

しかも、見た目は愛らしいドレスだが、ミリアが自分でデザインして縫ったものなので、裾がからまらずに走れる。

ミリアの長い髪の半分は結い上げて残りは背中に垂らしていたが、ヘラはようやく気を取り直したらしく、その金髪を整えようとそっと櫛《くし》を当てた。

「もう、そのことは忘れましょう。言っても仕方のないこと……御髪《おぐし》にこのピンクの透き通ったリボンをおつけしましょうね。ああ……お若いお嬢様らしく、とても可憐《かれん》に仕上がりました。鏡をごらんくださいませ、いかがですか？」

乳母は話題を変えようとしているが、ミリアは鏡を見るそぶりさえしない。

「ごめんなさい、ヘラ！」

「あっ、……お嬢様！　どこへ？」

ミリアは乳母の手を逃れて部屋を飛び出した。

彼女は長い廊下を走った。

そして大階段を中程まで下りると大広間の全貌が見える。

そこではヘラの言ったとおりに若い娘たちが並ばされていた。

それを見たミリアは、階段の手すりに掴《つか》まって一瞬立ちすくんだ。

円形の大広間の中央には豪華な肘掛け椅子が置かれていたが、そこに公爵らしい年嵩《としかさ》の男性はおらず、二十代半ばと見える黒髪の青年が座っている。

そしてその青年の後ろにミリアの父母、エタンセル伯爵夫妻が控えており、肘掛け椅子の前方に半円を描くように使用人の娘たちが並んでいた。

みんなうなだれ、まるで、古《いにしえ》の奴隷市場を思わせる光景だった。

「ミリア！　下がれ、来るでない」

娘が来たことに気づいた伯爵が手で追い払う仕草をした。

「申し訳ありません、旦那様！　……お嬢様、早くお戻りください」

と、ヘラが追いついてきてミリアの腕を引く。

ミリアははっと我に返り、姿勢を正した。

「いいえ、申し上げたいことがございます。処刑はすぐにおやめください！　公爵様は、どうしてこのような弱い者たちの小さな罪をお許しにならないのですか、そしてどうしてお父様はこの子たちを見殺しになさるのですか？」

その時、青年が突然立ち上がって言った。

「処刑？」

伯爵は膝から崩れ落ち、夫人も真っ青になった。

青年が立つと、ミリアの父よりも背が高く、均整の取れた体格をしていることがわかる。

顔立ちも、夜会で言い寄ってくるどの若者よりも端麗だ。

金のブレードで縁取りをした深い緑色のベルベットのコートとブリーチズ。

すらりとした足には革のブーツ。

コートには二列に留め付けたボタンに金の鎖が渡されていて、歩けばそれが擦れ合ってシャラシャラと揺れるような華麗ないでたちだ。

彼は、突然反抗してきた怖い物知らずな女を見定めると言った。

「きみ……そうだ、きみだ！」

「……え？」

「あの時の少女はきみだ、そうだろう？」

青年は念を押すように言った。

「わたし……？」

ミリアにはなんのことかさっぱりわからず、彼とどこで面識があったかと記憶を探る。

父伯爵は憤慨と落胆の混じった声で言った。

「あれほど、あれほど出すなと……娘をあれほど部屋から出すなと言ったのに」

――ひょっとして、罪人がわたしってこと？　誤解だわ！

ミリアは大広間まで階段あと一段というところで身動きできずにいた。

しかし彼女が行くまでもなく、青年のほうから歩み寄ってきた。

段差があるにも関わらず、青年と視線を合わせるには、ミリアは顔を上げないといけなかった。彼女は男の顔を懸命に見るが、やはり見覚えはない。

青年のほうは熱っぽい眼差《まなざ》しでミリアの顔を見つめてきた。

よほどの怒りでたぎっているのだろうか。

その場に居合わせた者たち全員の注視の下、二人は見つめ合った。

やがて青年は怒りというよりは、はにかんだような微笑《ほほえ》みを浮かべ、コートのポケットから白い布製のマスケラを取り出して見せた。

「これに見覚えはない？」

仮面舞踏会で身に着けるもので、絹の白地に金の糸で美しい刺繍が施されている。

「……ええ……？」

ミリアの記憶の底から、何かが浮かんできたが、いまひとつはっきりしない。

「では、私のシャツの破れを縫った覚えは？　薔薇園に隠れていた時だ」

彼はそう言って、自分の左肩の辺りを示した。

「…………あっ」

——縫ったわ。

顔に見覚えがないわけだ。

彼はあの時マスケラで顔を隠していたのだから。

彼のシャツに薔薇のトゲが引っかかったことだけははっきりと記憶に残っている。

それを繕わせてもらって、あんなに嬉しかったことを忘れるはずもない。

難易度の高い繊維《せんい》をかなり見事に修繕でき、喜びに満ちて眠ることができたことを。

「……思い出しました。極上の絹の縫い心地は今もはっきりと覚えています」

そうだ、あの時、確かにミリアは獲物を逃がすまいという勢いで、あの青年の膝に乗った。

そうしないと、彼の肩に届かなかったのだ。

「じゃあ間違いない！　私が探していたのはきみだ」

ヘラがヒィっと喉を鳴らした。

ミリアにもようやくわかった。

——だからお父様は、わたしに部屋から出るなとおっしゃったのね。

そんなはしたないことをやりそうなのは我が娘しかいないと、察していたに違いない。

——でも、だからって使用人を身代わりにするのは違うわ。罰は自分で受ける。
ミリアはしっかりと足を踏みしめて最後の一段を下り、彼とすれ違うように一歩進む。
「そのようでございますね」
ミリアは自分を鼓舞するようにぴんと背筋を伸ばした。
ヘラの言うとおりだ。
淑女らしく、堂々と。
こんな時だからこそ、取り乱さないようにしようと思った。
動揺を隠して、つんとすまして断罪されるのを待つ。
しかし、青年から激昂《げっこう》した雰囲気は感じられない。それどころか——。
「ああ、信じられない。やっと見つけた」
青年はそう言うと、ミリアを追い越して向き直り、その足下におもむろに跪《ひざまず》く。
そして彼女の手を求めた。
犯人が自分だったなら仕方ない。
手を鞭《むち》で打たれるくらいですむなら喜んで受けよう。
ミリアは意を決して、両手を差し出す。
彼は一瞬驚いた顔をしたが、彼女の右手だけをとってその甲に口づけをした。

「諦めなくてよかった。また会えた」

――うーん……？　なんだか変だわ。

ミリアは狐《きつね》につままれたような気持ちで、その美しい青年を見下ろした。

彼はミリアの手を取ったまま、言った。

「……どうか私と結婚してほしい」

ミリアは、彼が一瞬外国語でも話しているかと思った。

その残響を頭の中で何度か繰り返してようやく彼の言った言葉が入ってきた。

――えええええっ？

周囲からもやや遅れて軽いざわめきが起こった。

「は、なんですって？」

「だから私と結婚を」

ミリアの理解を超えた提案に、思考が停止する。

奴隷のように並んだ使用人たちがざわざわとしていてよく聞こえない。

ミリアはしばらく唖然《あぜん》としていたが、何か言わなければ、と思った。

そして出た言葉がこれだ。

「えっと……、あなたはどなたですか？」

ミリアは突然の求婚に驚きつつも、相手の素性を問うくらいの冷静さを取り戻していた。

今まで全く心が動かなかったが、男性から求愛をされたことは何度かあった。

目の前にいるこの青年も、そのひとりに過ぎなかったのかもしれない。

公爵が来ているなんてヘラの聞き間違いだったのだ、きっと。

しかし、それは父のひと言で打ち消される。

「ぶ、無礼者！　そのお方は公爵閣下であらせられるぞ！」

――え？　公爵様ってお父様と同じくらいのお年じゃ……？

すると、ミリアの心の声を聞いたかのように青年が答えた。

「遠方なのでお耳に届いていないのも無理はないが、父は少し前に亡くなり、代替わりしたのです。私は公爵のラインハルト・ヴェッセル。――そして、きみは？」

こちらの名か素性を問いかけているのだろう、その表情は甘くやさしいだけでなく、見れば見るほど造作が整って美しい。

ミリアが絶句していると、彼は今度は伯爵に向けて尋ねた。

「お教え願いたい、このお嬢さんはどういう娘さんかな？」

ミリアは、刑罰を免れて安堵《あんど》している使用人たちを見回してわかった。

――もしかして、わたしは使用人と思われてた？

それに気づくと全てが腑《ふ》に落ちて、ミリアはおかしくなってしまった。

「ふふ……あははは……！」

「これ、ミリア！　笑うでない！　閣下、恥ずかしながらそれは私の娘でございます。娘が大変な不《ぶ》躾《しつけ》を致しましたこと、ひらに、ひらに、お許しを！」

すると若き公爵はミリアに視線を戻し、顔を赤らめた。

「や、これは失敬！　あまりに見事に針仕事をしたので、てっきりお針子《はりこ》の娘さんかと――そうか、伯爵のご令嬢であったか……」

ミリアは奇妙な気持ちになった。

「とにかく、お直りくださいませ」

まだミリアの足元に跪いたままの公爵を立たせながら、ミリアは訝《いぶか》し気《げ》に彼を見た。

公爵ともあろう人が相手の素性も知らずに求婚するなんてことがあるだろうか。

「わたしはミリア・エタンセルです。あの時は失礼致しました。でも、そのう……公爵様は、わたしが何者でもかまわずご結婚なさりたいとおっしゃるのですか？」

「ああ。あの日以来、ことあるごとにきみのことを思い出していた。……縫子《ぬいこ》であれば、身分違いでかえって苦労させると思い、一時は諦めていたのだが、どうしても忘れられなくてこうして自分の目で探しに来たわけです。……伯爵、どうかお嬢さんとの結婚をお許しいただけませんか」

こうして話を振られた伯爵は額《ひたい》の汗を拭いながら言った。

「いやはや急なお話ですな……」

「はい、事情があって急いでおります。……もしや他にもう縁談でも？」

「いえ、それは断じてありませんが、本当にこの娘でよろしいのですか？　このようなじゃじゃ馬娘ですぞ？　くれぐれも、お人違いではございませんか？」

くどくどと確認する伯爵に公爵は失笑するほどだった。

「なんと、まあ……これは大変すばらしいお話……」とヘラが呆然《ぼうぜん》と呟《つぶや》いた。

何事にもあまり動じたことのない乳母でも、やっとこの状況を理解したらしく、次第にその顔に喜びがあふれてくる。

「おめでとうございます、お嬢様！　旦那様、奥様！」ともう決まったように叫んだ。

つられて、並んでいた使用人たちも口々に祝いの言葉を唱えた。

そうすることでようやく、自分たちの冤罪《えんざい》が晴れるとでもいうように。

――待って、誰もわたしの気持ちは聞かないの？

ミリアはそう思ったが、相手が公爵では断ることはできないだろう。

たとえ断ることができたとしても、その後、ミリアに縁談はいっさい来なくなる。

公爵の心証を害するのを恐れて、誰も求婚などできないのだ。

エタンセル伯爵は深く頭を下げた。

「はっ、恐悦至極にございます。ふつつかな娘でございますが、なにとぞよろしくお願い申し上げます」

こうして、ちょっと風変わりな伯爵令嬢の結婚が決まったのだった。

第一章

ステンドグラスから虹色の光が降り注ぐ。

ここは公爵領にある、聖ヴェッセル教会である。

聖歌隊席では天使のような子どもたちの歌声が柔らかく響き、円《まる》い天井に反響する司祭の厳かな祈りと宣誓の言葉。

辺境の地からやってきたミリア・エタンセルは、今から公爵夫人になろうというところだ。

あの唐突な求婚から結婚までの準備期間は三か月しかなかった。

先の公爵が亡くなってから一年は祝い事を避けるべきなのに、なぜか彼は急いていて、あと数か月が待てなかったらしい。

ミリアの父は「縁がある時はそういうものだ」と言って粛々と準備を進めてきた。

ヘラも上機嫌で、いつもあれほど愚痴を言っていたのに手の平を返したよう。

「今までお嬢様がどの殿方にも心動かされなかったのは、こんなすばらしいご縁談があることを見越しておられたのでしょうね。これは運命でございます」

などと、誰かれかまわず言って歩いている。

両親は、未知の土地へ嫁ぐ娘に、気苦労もあるだろうと、ヘラをお付きの者に選んでくれた。

こうしてエタンセル伯爵は短期間でできる限りの結婚の準備を整え――公爵は準備など不要と言ってくれたのだが――、五台の荷馬車を率いて、五日間かけて公爵領までやってきたのだ。


さて、結婚の儀も終盤にさしかかった。

司祭がおごそかに言う。

「ミリア・エタンセル。……汝《なんじ》はラインハルト・ヴェッセルを夫とし、生涯愛することを誓いますか？」

夫となる男は、促すようにこちらを見つめてきた。

彼は漆黒の髪と、知的な黒い眼差しを持つ若き公爵だ。

すらりと背が高く、横顔も凛々《りり》しい美青年である。

黒い燕尾コートに金の肩飾り、肩から腰に斜め掛けしたサッシュベルトは深みのある上品な緋色《ひいろ》で、
そこにはいくつもの勲章が留められていた。

念のため、父が調べてくれたが、ラインハルト・ヴェッセル公爵の評判は大変良好で、病弱だった

前公爵を若いうちから支えて、公務の大半を代行していたため、後継にあたってなんの心配もない上に、浪費癖・女癖、家臣の扱いも含めて、悪い噂《うわさ》などひとつも出てこなかった。

おまけに見た目も完璧なのだ。

ヘラでなくても、これ以上ない縁談だといえる。

ただ、今日の彼の衣装にはほころび一つなく、それが物足りない。

「誓いますか？」

と、司祭が繰り返した。

一瞬ためらって、ミリアは会衆席に目をやった。

光の降り注ぐ荘厳な教会、赤い絨毯《じゅうたん》を敷かれた中央の身廊《しんろう》に隔てられ、両家の親族は左右に分かれて列席している。

エタンセル家の面々は、はるかに格上の公爵家への遠慮もあって緊張感が漂っている。

一方、公爵家の人々の列は、暗く沈んでお通夜のような空気を醸し出している。

これはどういうことだろう？

不快感を表しているわけではないが、特に前公爵夫人つまり姑《しゅうとめ》のフランチェスカとその義妹であるアレクサンドラが揃《そろ》いも揃って虚《うつ》ろな表情なのだ。

アレクサンドラは数年前に理不尽な理由で離縁されて肩身の狭い思いをしているという事情を後で

知って納得したが、この時はまだ何も知らなかったから、ミリアが不安になったのも無理はない。

——わたし、何か変なことした？　歓迎されてない？

「誓いますか、ミリア・エタンセル」

もう一度繰り返されて、彼女ははっとして視線を司祭に戻した。

「は……はぅ」

思わず変な声が出た。

公爵はぽかんとした顔をし、司祭は目を剥《む》いたが、すぐに真顔になった。

「ゴホン、……では誓いのキスを」

新郎新婦がヴェール越しに見つめ合う。

ラインハルトはゆっくりとヴェールを持ち上げ、ミリアに羽で撫《な》でるようなキスをした。

それから二人で結婚の誓約書にサインをして、つつがなく式は終わった。

花嫁が公爵に抱き上げられて教会の前庭に出た時、所領の人々は歓声を上げた。

祝いの花びらが舞い、めでたい楽曲が鳴り響く。

空は抜けるように青く、一点の曇りもない。


これが、ミリアとラインハルトの新婚生活の始まりだった。

＊　＊　＊

ところが、である。

これから祝宴が三日続くという時――。

式が終わった直後、ヴェッセル城に入って宴《うたげ》が始まるのを待っていると、いかつい顔をした大男がやってきて、公爵に何か耳打ちをした。

すると、彼は「よんどころない用事ができて今すぐ発《た》たなくてはならなくなった」と言うのだ。

公爵は、大広間の控えの部屋で、すぐに旅支度を始めた。

きらきらと装飾の多い、勲章のたくさんついた肩章を外し、燕尾コートを脱ぐと、彼の背中は意外とたくましかった。

綿入れの胴着と鎖帷子《くさりかたびら》を身に着け、ベルトやサーブルサッシュなどの武具をつけた上からマントを羽織った。彼は軽装だと言ったが、物々しく感じた。

「どこへ行かれるのですか？」

ミリアが尋ねると、彼はマントの留め具を嵌《は》めながら言った。

「所領のひとつ、ノイバウアー村でちょっとした問題が起きたが、心配はいらないから」

「わかりました。お早いお帰りをお待ちしています」

彼女は、幾人かの兵を引き連れて旅立つ夫を見送った。

こうして花婿不在の宴が始まったが、ノイバウアー村がどこにあるかミリアは知らなかったから、その夕刻ぐらいには戻ってくると思っていた。

三日続く宴は賓客《ひんきゃく》が日ごとに入れ替わり、代替わりした公爵夫妻に挨拶にくることになっていた。

ラインハルトがいないので、代わりに執事が紹介してくれたが誰が誰だか、人間関係もよくわからないままに次々と挨拶をかわして初日が終わり、二日目の朝を迎えた。

「お嬢様、旦那様は帰っていらっしゃいませんでしたねえ」

ヘラがミリアの身支度を整えながら言った。

「そうねえ、ノイバウアー村ってそんなに遠いのかしら」

ミリアが呟くと、ヘラが得心したというように手をぽんと叩いた。

「ノイバウアー村でございますか！　それだと往復だけでも三日はかかるかと。どうやら旦那様は結婚の祝宴には間に合いそうもございませんねえ」

「そうなの？」

――知らなかった。

公爵領自体が実家から遠いとはいえ、あまりにもものを知らなさ過ぎた。

あと二日、公爵の花嫁として乗り切れるか不安だ。

「いくら準備期間が短かったといっても、こんなふうで失礼をしていないか心配ね。お客様とろくにお話もできなかったわ」

ミリアが胸の内を漏らすと、ヘラが言った。

「それでよかったのではございませんか？　変に出しゃばるより、控えめにされていたほうが。お嬢様はどこに出しても恥ずかしくない、お美しい花嫁様でいらっしゃいます。昨日も皆さん、褒めたたえていらっしゃいました。お館様が誂《あつら》えてくださったドレスも、どれも素晴らしいお品ばかり。このお色直しのお衣装もなんて美しいのでございましょう」

「そうね、確かに。極上のドレスよね」

前日の純白のドレスとは違って鮮やかなチェリーピンクのドレスは、光沢も美しい絹地を贅沢《ぜいたく》に使い、ボディスにはふわりと膨らませた薔薇をいくつも縫いつけ、スカートには共布のフリルをたっぷりとあしらった愛らしいデザインである。

これだけの派手な色でも、その上にレースとリボンで縁取りをした白のサックガウンをまとっているため、下品にはならない。

ほっそりとした首にはドレスと同じ色のリボンチョーカーをつけ、よく手入れされた金の髪は緩く結い上げてお揃いのリボンで飾った。

「本当に素晴らしいお召し物。旦那様に見ていただきたかったですねえ」

ヘラがつくづく無念そうに言う。

「まあ、とにかくあたしどもの自慢のお嬢様なのです。正直申しまして、上のお嬢様方にも決して引けを取りません。ええ、お客様の服のほころびを探したりしなければ……その悪癖さえなければ申し分のない淑女に見えますから、どうか、どうかそのようにお振舞いくださいさい」

「くどいわね。そんなに言わなくてもわかってるわよ、ヘラ」

そこに、姑のフランチェスカがやってきた。

ラベンダー色のドレスを上品に着こなし、ラインハルトと同じ黒い髪、黒い虹彩《こうさい》を持つ貴婦人だ。

彼と違うのはその悲しそうな佇《たたず》まいだ。

挙式の時も目が虚ろだったが、祝宴の間も変わらず物静かなので、もともとそういう人柄なのかもしれない。

「ミリアさん、いいかしら。お客様がひとり、ご挨拶だけして帰るとおっしゃるの」

「はい、お義母《かあ》様。でも、まだ宴が始まってもいないのにお帰りになるなんて……どうなさいました？　何か失礼でも――」

「それがね、ちょっとこちらに来て……」

と言って、フランチェスカはミリアを客室の一つに連れていった。

ドアからそっと覗《のぞ》き見《み》ると、オレンジ色のドレスを着た若い女性がカウチに座って泣いている。

「お義母様、あの方ですか……？」

ミリアが尋ねると、フランチェスカは声をひそめて言った。

「男爵令嬢のマルガレータさん。今日の宴にご招待していたのだけど、運悪く他のお客様とドレスがそっくりそのまま同じだったので、もう帰りたいとおっしゃるの」

「それは……なんとも……」

ミリアは同情した。

パーティーで女性客にありがちなアクシデントである。

ミリアは客室の扉を音を立てないように閉め、義母に言った。

「でも、色が同じというだけなら、そんなに気にすることではないと思いますけど」

「それが、最新流行のファッションプレートを見せてそのとおりに仕立てさせたらしくて、斬新なだけに色も個性的なデザインも瓜二《うりふた》つなの。もうひとりのご令嬢もきっと同じプレートを仕立て屋に持って行ったのでしょうね」

それは辛《つら》い。

貴族にはそれぞれお抱えの仕立て屋があるからこそ起こった悲劇だろう。

同じ仕立て屋であれば、お客にちゃんと忠告や助言をして被らないようにする。

男性は揃って黒い燕尾コートだが、女性はそうはいかない。

平凡なデザインなら同じでも気にならないが個性的となるといたたまれないだろう。

そしてそういう場合、身分の低い方が遠慮するものなのだ。

「では、わたしのドレスから選んで着替えていただいてはいかがでしょう？　まだ一度も袖を通していないものばかりですから失礼にはあたりませんよね？」

われながら機転が利くと思ったが、義母は悲し気に首を振った。

「あなたとは体格が違うのよ……」

そう言われると、確かにその女性はミリアより随分大柄だった。

ミリアのドレスではくるぶしが見えてしまうだろう。

「困ったわ……」

フランチェスカが弱り果てている。

婚礼の主役のラインハルトも不在で、義母もか弱い。

――なんとかしなくては。でもわたしにできることって何……？

そう思った時、ミリアの心の底から頭をもたげてくるものがあった。

「これは……ムラムラする案件ね」

ミリアはヘラの忠告もすっかり忘れて奇妙な独りごとを言いだした。

「……え？　なんですって？」

彼女は、そう問い返すフランチェスカの両肩をガシッと掴むと言った。

「お義母様、わたしがなんとか致しますから、絶対にあのお客様をお帰しにならないでください。どんな手を使ってでも引き留めていてください、すぐ戻って参りますから！」

そしてミリアは自分の部屋へと駆け出した。

＊　＊　＊

「お待たせしました、ええと……マルガレータ……さん、でしたっけ」

十五分後、ミリアが戻ると、その女性はまだ泣いており、姑のフランチェスカが懸命になだめているところだった。

結婚にあたって持参したドレス一式から使えそうな素材をかっさらい、ヘラと下男に運ばせて、ミリア自身は大事な七つ道具の入った裁縫箱を抱えていた。

幼い頃の赤い巾着袋もまだ健在で、ふだんは持ち歩いているが、今回は大がかりな修復作業になる。

「お嬢様、いったい何をなさるのですか」とヘラが不安そうに尋ねる。

「いいからその荷物を置いてちょうだい」

ミリアに言われて二人がそっと床に置いた衣裳籠《いしょうかご》にはオーガンジーのウェディングヴェールやリボン、髪飾りなどがごちゃごちゃに放り込まれている。

「お客様、どうかわたしに少しお時間をくださいませ。絶対に後悔はさせませんわ」

と、ミリアが言うと、マルガレータはようやく顔を上げた。

まず、彼女を鏡の前に立たせ、ミリアはその全体像を検分した。

マルガレータ自身はすらりと背が高く、奇抜なデザインでも着こなせる美人だ。

それだけに、この受難で落胆甚だしいのも頷《うなず》ける。

次に、ミリアはデザインが重複してしまったというドレスを検分する。

オレンジの絹サテンのドレスで、アンダースカートの上にカーテンのように重ねて両脇でたくし上げたデザインは珍しくないが、同じ絹サテンで作られた巨大なリボンを、ドレスにいくつも縫いつけてある。

ミリアは、まずそのリボンを全て取り外した。

リボンといっても帯ほどに太く、鋭角的に作られた強烈なモチーフがこのドレスを印象づけているのだから、それを取るだけで全くイメージが変わってくる。

「でもそんなことをしたら、地味になってしまいます」

マルガレータがそう言ったが、ミリアは動じない。

「勝負はこれからです」

彼女は大きなリボンをほどいた。

袋状に縫ってあったリボンをほどいて一枚の長い布に戻す。

彼女はそれを蛇腹《じゃばら》のように細く折り重ね、鋏を入れた。

「あっ」

マルガレータが驚いて声を上げた。

「ご安心ください、端っこを切るだけなので、ちゃんと元の形に戻すことができます」

仕立て屋であれば、ピンキング用のジグザグの金型で布を押し切るのだが、ミリアは鋏しかもっていないので、いつもこうして布を細かく折って端を切るのだ。

そして縁をギザギザに処理した帯状の布の真ん中をまっすぐに縫って糸を引っ張ると、たちまち可憐なフリルが出来上がった。

「これをスカートに縫いつければ全く違うものになります」

「まあ……本当ね」

マルガレータの涙はすっかり乾いて、今ではミリアのすることを興味深そうに見ている。

「でもその前に、色合いも少し変えましょう」

と言って、ミリアは自分が昨日つけていたウェディングヴェールを籠から取り出して、マルガレータのドレスを覆うように重ねた。

「こうすると強めのオレンジ色が柔らかい色合いになります。マルガレータさんにはこのほうがお似合いだと思います」

そしてヘラに手伝わせて他の巨大リボンもほどいてフリルを大量に作り、ヴェールの上からドレスに縫いつけていった。

さらに、オーガンジーの細いリボンを——これは、何かと使えそうなので実家からひと巻持ってきたのだが、等間隔に切って蝶《ちょう》結びにした。

フリルの上にオーガンジーの小さな蝶結びリボンをたくさんあしらうことで、動きが生まれて愛らしくなる。

「髪飾りも作ってみますね」

ミリアは余った共布でお揃いのヘッドドレスをも作り上げた。

ヘラの手伝いもあって一時間ばかりでマルガレータのドレスは生まれ変わった。

「いかがですか?」

鏡越しにマルガレータと視線が合う。

その緑色の瞳が、生き生きと輝き出した。

「まあ……素敵……!」

彼女がもともと着ていたドレスより、うんと上品で、うんと似合っていると思うのは自惚《うぬぼ》れかもしれないが、マルガレータが嬉しそうなのが何よりだ。

「どうか宴を楽しんでくださいね、マルガレータさん。祝宴が終わったら、ドレスを元の形に戻しますからいつでもお申し付けください」

ミリアがそう言うと、彼女は首を振った。

「こちらのほうが気に入りました。一生大事に致します、公爵夫人」

慣れない呼び方をされて、一瞬きょろきょろしてしまったが、万事うまくいった。

その日の宴を、ミリアは達成感でうっとりしながら過ごした。

マルガレータは堂々としていたし、何人かの紳士に取り囲まれて満悦そうだった。

その夜、姑のフランチェスカが部屋に来た。

「ありがとう、助かったわ。マルガレータさん、とても喜んでましたね。明るいし頼りになるし、あなたならきっと大丈夫ね……でも、かわいそうに……」

「えっ……何がでございますか？　お義母様」

夫人の最後のひと言が理解できず、ミリアが問い返すと、彼女は狼狽《うろた》えた顔をした。

「……あ、いいえ……その……ああ、つまり、披露宴に新郎がいなくてかわいそうという意味よ。どうかラインハルトのこと、お願いね」

いい年をした息子を頼むとはどういうことだろうと思ったが、彼女の瞳は潤んでいた。

夫を失くして一年も経《た》たないのだから仕方ないとはいえ、その表情があまりにも儚《はかな》げなのでミリアは黙って頷くしかなかった。

＊　＊　＊

こうして、三日間の祝宴はなんとか無事に終わり、ミリアの両親も娘の幸せを祈りつつ帰路に就いたが、公爵はまだ帰ってこない。

「なんだか気になるのよね……お義母様の様子が」

重責を果たした花嫁は、公爵が帰るまでゆっくり休ませてもらえることとなり、ミリアは寝室で疲れを癒《いや》していた。

「なにがでございますか、お嬢様？」

「お義母様が、いつも悲しそうなの。挙式の時ですら。ヘラはなんとも思わない？」

「それは大旦那様を亡くされて日が浅いからでございましょう」

「そうだけど、それだけじゃないような……わたしのことをかわいそうにっておっしゃったの。あなたなら大丈夫ね、とか……何か秘密を抱えてるような感じなのよ」

「秘密、でございますか？　いったいどんな？」

改めて問われると、はっきりとは言えないミリアだった。

だが、求婚も突然だったし、挙式までの準備期間もあまりにも短かった。

前公爵の喪も明けていないのにこれほど急ぐ必要がどこにあるのだろうか。

ラインハルト自身も二十四歳という若さで、あと数か月遅らせたところでなんの問題もないのだ。

そもそも、なぜ彼は自分を花嫁に選んだのだろうか。

わずかの間、互いに名も知らずに過ごしただけなのに。

「そういえば今になって変な事を思い出したのだけど……」

ミリアはあの日に思いを馳《は》せた。

「五年前、彼と初めて出会った日のこと。ヘラ、聞いて。あの時、あの人は女性に追いかけられて逃げていたみたいなのよ」

「ええっ」

「昔はかくれんぼをしているんだなあって無邪気に思っていたけど、今思い返すと、彼は女性にキャーキャー言われていて、それで隠れるところを探していたんだわ」

「そうでございますか。まあ、あのご器量ですから、さぞかしおもてになったでしょう。なんの不思議もございません」

ヘラはさらっとやり過ごしたが、ミリアの心はなんとなく曇っている。

「ノイバウアー村で揉《も》め事《ごと》が起きたって本当なのかしら……」

暇を持て余すとろくな考えが浮かばない。

「何をおっしゃるのですか、新婚の旦那様が浮気なんてそんな！」

「ヘラ……！」

ミリアはそこまで言っていないのに。

つまり、乳母もいぶかしんでいるということだろう。

「あっ、いえ、そんなことはありえないと申し上げたのでございます」

ヘラは慌てて取り繕ったが、考えてもいないことが口から出るはずもない。

彼女を胡散臭《うさんくさ》そうに一瞥《いちべつ》し、ミリアはまた不満を言い出した。

「ああ、二日目の祝宴は楽しかった。わたしはああいうのが好きなの」

すると、ヘラはわざとらしく溜息を吐いて言った。

「とんでもない。あたしはあれを恐れていたのでございます。初々しい花嫁が、鋏やら針やら持ってまるでやり手婆《てばばあ》のように動き回るなんて、聞いたことがございませんよ」

「いいじゃない。よいことをしたんだから。旦那様にどんなに放っておかれたとしても、繕いものさえあれば耐えられるのよ。それも必然性のある縫い物なら尚《なお》いいわ。悲しくて絶望してしまう淑女のドレスや、放っておいたら傷んでしまうようなシャツとか、……このお屋敷にいる下僕の靴下なんて、きっとたくさん破れてると思うのよ……ああ、そういうのを直したい！」

「お嬢様！　誤解を招くようなお言葉はおやめください。決して下僕に穴あき靴下をよこせなどと強請《ねだ》るような真似《まね》はなさらないでくださいませ」

「それはわたしに息をするなと言うようなものよ」

というのは大げさだが、ミリアはもう既に新婚生活に飽きていた。

――ああ、いっそ、お母様たちと一緒に帰りたかった。

家に帰って、若いメイドや召使いから繕い物をもぎとって一日中縫いたい。

そうしていないと、女性に追いかけられて嬉しそうに逃げ回っている公爵の姿を妄想してしまう。

しかし妄想しようにも夫の顔すら忘れてしまいそうだ。

「じきに旦那様が帰られたら、そんなことを考える暇もなくなりますよ」

「わたしの中ではね、彼はもはや想像上の生き物と同じような存在になっているわ。妖獣《ようじゅう》とか神獣《しんじゅう》とかそういった類のね」

ミリアはこんなことを言って、ヘラにまたひとしきり説教された。

＊　＊　＊

その日、公爵邸の前庭では使用人たちが慌ただしく動いていた。

領主のラインハルトが帰還したのだ。

「ノイバウアーの件は落着した。負傷した者は兵舎で手当てを受け、他は各々、食事を摂《と》り、沐浴《もくよく》をして休むように」

ラインハルトは護衛の兵士たちにねぎらいの言葉をかけ、解散を命じた。

といっても、今回は護衛自体も少なく、傷病兵もいないはずだ。

彼は早駆けで疲弊した馬の首を軽く叩き、馬丁に引き渡す。

それから、彼自身も武具を解き、またブーツの足首から外した金の拍車などを小姓に持たせてようやく身軽になった。

出迎えの家人たちはめいめいに主の世話を引き受けて持ち場に戻り、親友のオリバーと二人、中庭を横切って館へと向かう。

「思いがけず騒動は早く片付いたが、花嫁に合わせる顔がない」

ラインハルトは物憂い顔でこぼした。

期待してはいなかったが、やはり彼女の出迎えはない。

召使いが主人の帰還を知らせにいっているはずなのに出てきていないということは無言の怒りか。

彼女はどんなに心細い思いをしただろうか。

主なき祝宴でみじめな思いをしたのではないだろうか。

挙式の直後に領内で暴動が起きたという報告を受けたとはいえ、悪いことをした。

「もう呆《あき》れる速さですよ。あんな暴動が五日で解決しますか、普通？」

そう言ったのは側近のオリバーだ。

彼は鍛え抜かれた肉体を持つ大男で、中身は繊細なのだがその外見で周囲に恐れられているし、護衛としても申し分ない。

「往復三日かかってるから正味二日だがな」

とラインハルトが言えば、オリバーが返す。

「あまり急ぐとろくなことがありませんよ」

オリバーは言葉遣いは丁寧だが遠慮なしだ。

「律儀とほめられこそすれ、そんなふうに言われるのは心外だ。結婚式もそこそこに、暴動を治めに出かけるはめになった私の身にもなってくれ」

そんなふうに不満を言いつつも、自分の融通の利かなさに辟易《へきえき》する。

領地のすみずみまでうまく回っていないと気が済まないのだ。

「祝宴を抜けてまであなたが駆けつけなくてもよかったと思いますが」

確かにオリバーに任せてもよかったかもしれない。

「どんな些末《さまつ》な問題も残しておきたくないからな」

「悪辣な代官の館ぐらい焼かれて当然です。放っておいてもよかったんですよ」

ノイバウアーの村民は北の蛮族をルーツに持ち、気性が荒く独立心が強い。

代々の領主が手を焼いてきた領土だ。

父はもともと病弱で、各地を巡回視察する体力がなかったからその管理を代官に任せていた。

そのため、気づいた時には現地の荒廃はひどいものになっていた。

干ばつへの対策もせず、年貢ばかり厳しく巻き上げていたのだろう。

騒ぎを起こした村人を罰する前に、代官を更迭《こうてつ》せねばと思ったほどだ。

「代官の悪行に気がつかなかった私の失敗だ。それに、代官の館はよくても、あのまま村が燃え続けたらまずいだろう、オリバー」

ラインハルト自身が行かなければならなかった本当の理由はそこだ。

彼がその現場に到着した時、代官の館は既に焼け落ち、周辺の森にまで延焼していた。

この季節には、空気が乾燥していて山火事が起こるとなかなか消えない。

しかも、村民が火をつけたのだから自業自得ではあるが、風向きが突然変わって彼らの土着信仰の聖域であるノイバ山に延焼したのは全くの想定外だった。

ラインハルトは、現地に到着してその惨状を見た。

彼は単騎駆けで火の海に向かって突進し、馬上から叫んだ。

『アクアム・ディミッテーレ』

すると、たちまち黒い雨雲が現れ、豪雨が降り注いだ。

雨は一時間降り続き、森を焼いていた劫火《ごうか》もまもなく消えた。

その鮮やかさは、まるで天から竜が下りてきて村を救ったかのようだった。

これに驚いて領民の気勢が削《そ》がれた機を捉えて、ラインハルトは言った。

「聞け！　おまえたちの聖なる山は私が地獄の炎から守ってやったのだ。おまえたちに水源を授けよう。半年後にはこの地は鮮やかな緑に包まれ、おまえたちは豊かに暮らせるようになるのだ。信じないのであれば、これを見るがいい」

そして、彼は乾いてひび割れた大地の窪《くぼ》みを指さして『アクア・オリアトゥール！』と唱えると、その場所から清水が湧き出て、養魚場《ようぎょじょう》ほどの池となった。

村人たちの中には驚きのあまり、その場にへなへなと崩れ落ちる者、茫然《ぼうぜん》とただ池を見つめる者、そして神を畏れるように祈り出す者までいた。

ラインハルトはたたみかけるように言う。

「おまえたちが私に恭順《きょうじゅん》を示せば、おまえたちの信仰も許し、この泉を自由に使わせるし、それは私の命あるうちは涸《か》れることはない。だが、抗《あらが》うのであれば——全ての水を失い、今度こそあの山は業火に焼き尽くされよう」

そして少々大きな身振りで両手を広げ、

『アックア・アド・メ』と叫ぶと水位が下がって元の窪みが露《あら》わになった。

村人たちはひれ伏し、ラインハルトに許しを乞い、次々に忠誠を誓った。

「……まあ大人げないやり方でしたけど、無血で治まってよかったですね」

と、オリバーが言う。

かつてこの世界にはよいことに使う魔術と、悪いことに使う呪術があったが、今ではその力を持つ人間はほとんどいなくなった。

しかし、王族の血を引いた者には、稀《まれ》に古の魔力を宿した赤子が生まれてくることがある。

ラインハルトもそのひとりで、彼は幼少期から水を自在に操ることができた。

父の代からラインハルトの力を所領の拡大と繁栄に役立ててきたので、今では公爵領は王領地よりも広く、豊かになっている。

彼は良くも悪くも、『選ばれし者』であった。

彼の内なる葛藤を感じているのだろう、オリバーがしきりと尋ねる。

「公爵位を継がれて焦っておられます？　何か気がかりでも？」

「まさか。……ああ、妻《めと》を娶って浮かれているのかもしれない」

ラインハルトがそう言ったが、オリバーは疑い深い目でこちらを見ている。

「それにしては表情に陰がありますね。大旦那様の喪も明けないうちに挙式をなさったのはなぜですか。何に急《せ》き立《た》てられているのか――」

オリバーの目をごまかすことはできないとつくづく思う。

「時期が来たら話す」

ラインハルトはそう言って、のろのろと歩きだした。

「……この姿では会えないな。マントにも髪にも、焦げ臭い匂いが染みついてしまった」

ラインハルトがそれを払うようにマントをはたいた。

「ああ、マントが破れてしまってますね。あのどさくさで……お怪我《けが》はなかったと思いますが、念のため医師に会っておいたほうがいいのでは？」

オリバーに言われて初めて気がついた。

マントの胸の辺りが破れている。

山火事になるのを止めようとした時に焦げたのだろう。

「ろくな武装もしないで出かけてしまったからな……火傷《やけど》はしていない。するはずがないだろう、この私が。着替えるか。旅の汚れも落としたいし」

「はい、奥様によろしくお伝えください」と言ってオリバーは立ち去った。

ラインハルトが着替えに戻ろうと再び歩き始めると、中庭の向こう端に女の二人連れが見えた。

＊　＊　＊

侍女が、寝室で休んでいるはずの若奥様に公爵の帰還を伝えに来た時、ミリアはそこにはいなかった。だから彼女は夫が帰ったことをまだ知らない。

ミリアの休息は二日と持たなかった。

元来、じっと大人しくしていられる性分ではないのだ。

休んでいる時、寝室の窓からいくつもの庭が見えた。

そのどれもが美しくて、気になってじっとしていられなくなり、乳母をお供に敷地内を歩き回っていたのである。

ある庭では、もう秋も深まっているというのに、遅咲きの薔薇に彩られている。

別の庭では人工的な洞窟や崖や小川が作られていて、絶えず水が噴き上げているし、森に彷徨《さまよ》いこんだような気がする不思議な箱庭もある。

また、萎《しお》れた花がひとつもなく、絶えず整えられた花畑もある。

「それにしても、公爵家の人々は表情が暗く覇気がないし、使用人もどことなくよそよそしいけど、庭だけは国宝級のすばらしさよね」

ミリアがそう言うと、ヘラが目でたしなめた。

「そんなことをおっしゃって……。そもそも、お嬢様が元気がよすぎて、エタンセル家の皆様もつられて能天気だったんでございますよ。太陽の陽《ひ》ざし豊かな土地柄、天性の明るさもあるでしょうが、こちらの落ち着いた雰囲気のほうが普通なんでございます、きっと」

「ひどいわねえ、もう」

しかし、ミリアが影響を与えたとまではいかなくても、地方領主の気楽さは確かにあった。

「庭はとてもきれいだけど、ここは退屈だわ。どこかに繕いもの落ちてないかしら……」

「まただ、お嬢様はそういうことを」

「繕うことは悪いことじゃないでしょう？　お祖母様《ばあさま》から教わったんだもの」

ミリアがこれほど繕い物を好きになったのは、祖母の影響だ。

祖母は織物の豪商から伯爵家に嫁ぎ、自身はそれを恥じているようなところがあったのか、人前で縫い物をすることはあまりなかった。

ところがある事件がきっかけでミリアは祖母の腕前を知り、祖母を誇りに思うようになった。

そしてしつこくねだって縫い物を教えてもらったのだ。

「それはそうでございますが。……大奥様は控えめで物静かで立派なお人柄で――」

ヘラの言葉を遮り、ミリアが言った。

「ほら、さっき軍人さんたちを見かけたでしょ。ゲートルとか軍手とか……きっと何かいいものを持っていると思うんだけど」

「なりません！　お嬢様は……あたしがこう呼ぶのもいけないのですが、もう人妻なのであり、公爵夫人なのですよ。旦那様以外の男性に近づいたり親し気に口を利くような軽率なことはくれぐれもおやめください」

こんなとんでもない会話をしているが、遠目から見るとしとやかで美しい清楚《せいそ》な娘と思われがちなミリアだった。

今日のドレスは、上品なピンクの日常着だ。

袖口から白いレースが幾重にも重なって流れるようなラインを作り、ミリアのか細い腕が動くたびに上品に揺れ動く。

身頃とスカート部分には繊細なニードルレースを被《かぶ》せてボリュームを出し、スカートの両脇でカーテンのように絞って変化をつけたスタイルで、新妻らしい初々しさと公爵夫人たる気品を兼ね備えた絶妙な衣装なのだ。

さらに真珠の首飾りも父が用意してくれた極上の品である。

黙っていれば深窓の令嬢であり、本人は下僕から破れた靴下を取り上げて『げへへ』とあくどい笑いを浮かべているつもりでも、傍《はた》から見ると淑女が美しく微笑んでいるように見えるらしいが、ヘラにいくら言われてもその自覚が持てない。

「でも、ご婚礼のヴェールをお客様のドレスに使ってしまってよかったのでしょうか」

ふとヘラが言った。男爵令嬢マルガレータのドレスを作り替えるために使ったあのヴェールのことを言っているのだ。

「生涯ただ一度の晴れ着ですのに……」

「いいのよ。あなたの言うとおり、二度使うものではないから――ええ、結婚なんてもうこりごり。だからああして別のものに活《い》かすことは合理的でしょう。お客様があんなに嬉しそうにしてくれたのだもの」

「こりごりだなんて。新婚生活はこれからではございませんか。旦那様と過ごしたのはまだ半日もないんですから……あ、噂をすればあちらからいらっしゃるのは！」

ヘラが突然小声でそう言ったので、ミリアは立ち止まった。

「旦那様ですよ……さっきから庭がにぎやかだと思ったら、お帰りになっていたのですね。お嬢様、ご挨拶を。あたしは下がっておりますから」とヘラが小声で言った。

「ええ……待って、なんて言えば……？」

物陰に隠れようとする乳母を引き留めて、ミリアは助けを求めるように言う。

「一緒にいてよ、ヘラ！」

「いけません、あたしは邪魔ですよ、どう考えても」

「でも、本当にあの方がわたしの旦那様でしたっけ？　結婚式でちらっと見ただけで、五日の間に顔も忘れたわ」

「まあまあ、ご冗談を、お嬢様。お顔が強張《こわば》ってます、笑顔をお忘れなさいませぬよう」

と、ヘラが無理な注文をする。

どうやって笑うんだっけ、とミリアが苦労していると、あちらのほうも新妻に気づいたらしく、まっすぐ歩いてきた。

「やあ、ただいま」

ラインハルトは気まずそうな顔で言った。

――やっぱり想像上の生き物みたいな感じは否めないわ。

数歩先まで近づいて見れば、彼の姿は旅やつれしているようだし、マントも埃《ほこり》っぽく、ふと焦げ臭い匂いもした。

――まるで戦地から帰ってきたみたい。

さきほどヘラと浮気を疑うような会話をしていたことを申し訳なく思った。

彼は本当に、所領の問題を解決するために奔走していたのだ。

ご苦労様？　それともお疲れ様……？

思えば、公爵とうち解けた会話などほとんどしたこともないので、何を言えばいいのかわからない。

とんだ人見知りである。

「お、おかえり……なさい」

たどたどしく挨拶を返したその時、ミリアの目は彼のマントに釘付《くぎづ》けになった。

――これは……！

彼女は無意識に満面の笑みを浮かべ、ラインハルトの胸に飛びついた。

――これはマントについた焦げ穴！　裏地付きの二重仕立てだから修繕に工夫が必要だけど、表地は毛織物だからうまくいけば魔法のように補修痕がわからないという、やりがいのある繕い物……わたしの大好物じゃないの！

彼はすばらしいお土産を持ち帰ってくれた！

「ミリア……？」

ラインハルトが呟くように言った。

「……はっ」

ミリアは我に返った。

彼女はあまりに楽しそうな繕い物を目にしたために平常心を失い、公爵のマントに左手を添え、その焦げ跡を右手の人差し指ですりすりと撫でていたのだ。

「ご、ごめんなさい！」

そう言って彼から離れようとした瞬間、ラインハルトに抱きすくめられた。

「……かわいいミリア、寂しい思いをさせてすまなかった。待たせたね」

彼はミリアが帰りを待ちわびて抱きついてきたと思ったのかもしれない。

「あ、いや、ちが……」

しかし、彼の腕は緩まない。

愛《いと》おしそうに包み込み、癒しを浴びるようにミリアの髪に顔を埋めている。

「新婚早々、離れてしまったから嫌われたのではないかと不安だった。やっときみのところへ帰れた。新妻に出迎えてもらえるとは嬉しいものだな」

「公爵様……」

——何か誤解があるけど、まあいいか。

それにしても男の人の身体って大きくて、力強いことに驚く。

今までこんなに接近した人間はヘラやほかのメイドくらいで、みんな柔らかくて小さいので、この感触は新鮮だ。

ところが、その感触を味わう間もなく、周囲に異変が起こっていた。

「いよっ、ご両人！」

解散したはずの兵士たちがいつのまにか戻ってきて二人の周囲に集まり、ヒューヒューと冷やかしの口笛を吹いたりはやしたりし始めたのだ。

「お熱いことですなあ」

「どうりで帰りの馬の速いことだ」

「仲がいいのは何よりですだ」

などと口々に勝手なことを言って、笑っている。

「そんなとこでわしらに見せつけとらんで、早く閨《ねや》でかわいがっておやんなさい」

下品な冗談まで飛び交っている。

「あ、違うんです。マントがほころびてて……」

ミリアは人前でいちゃついているかのように誤解された恥ずかしさに、涙目で彼を見上げた。

空《むな》しいながらも必死に弁解する。

「ほら、ここ！　繕わせてください。どうかマントをお脱ぎになって」

そこでまた下卑た歓声が上がる。

「ああ――これか」

と言いかけて、公爵は周囲を一瞥して「うるさくてかなわないな」と抱擁を解く。

「後でまた」と彼女に耳打ちされて、ミリアは赤面する。

――声もいい。……じゃなくて！

「マントを必ずお持ちくださいね」

「わかった」

ラインハルトは立ち去りかけてふと振り向くと言った。

「茶の時間にそちらに行く。これからのことを話そう」

第二章

ラインハルトは浴室で、旅の埃を丹念に洗い流した。

目を閉じて湯の心地よさに浸っていると、浮かぶのは新妻の笑顔。

彼女が無邪気に出迎えてくれて、たまらなく嬉しい。

これから彼女との甘い生活が始まると思うと、のんびり湯浴《ゆあ》みなどしていないで、すぐに駆け付けたい気分だ。

だが、約束したお茶の時間にはまだ十分ある。

彼は立ち上がり、身体を拭いた。

彼は着痩せして見える性質で、シャツの内側には筋肉質な肉体を秘めている。

リネンのタオルで水滴を拭いながら、肉の疼《うず》きを感じる。

美しい妻を娶ったというのに五日もお預けをくらってしまったのだから仕方ない。

今宵《こよい》の閨まで衝動を抑えるのが既に辛いと思う。

——しかし……。

ふとラインハルトは鏡に映った自分の身体を見て、表情を曇らせる。

――彼女はこれを見て怯《おび》えたりしないだろうか。

昨年、左の腹部に浮き出た奇妙な形の痣《あざ》。

これは不吉な徴《しるし》、死の宣告だ。

最初はぼんやりとしていたが、十か月経った今でははっきりと見定められる。

グリフォン――鷲《わし》の翼と上半身、ライオンの下半身を持つという幻の獣。

その獣から呪いを受けたことを表す。

公爵家は長く続く呪詛《じゅそ》に囚《とら》われていて、それは忘れた頃を狙ったかのように再出現する。

遡ること千年前――幻獣《げんじゅう》や妖獣が闊歩《かっぽ》していた時代であるが、ヴェッセル家の祖先がグリフォンを殺したことに端を発する。

神獣とも言われていたグリフォンは、はじめは一族の守り神だった。

定期的に羊《ひつじ》を生贄《いけにえ》に供え、あがめていた。

しかし、どこでその味を覚えたのか、人間の子どもを襲うようになったため、領主がそのグリフォンを神獣から堕落したものと見なし、狩ることを決めたのだった。

グリフォンの退治は半月にも及び、領民数十人が死傷するほどの激しい闘いだったと、公爵家の歴史書に記録されている。

狩られた幻獣は絶命する寸前に、強烈な呪いを発動した。

グリフォンを討伐した領主の身体に奇妙な形の痣が現れ、やがて彼は死んだ。

それだけでは終わらなかった。

グリフォンの報復は、領主だけでなくその子孫にも続いていくのだ。

呪いを受けたことは、幻獣の姿が痣となって身体に現れることでわかる。

そしてその徴が現れたら一年以内に死ぬと言われている。

祖父にも父にも出なかった呪詛の徴が、なぜラインハルトの代になって現れたのかは謎だ。

公爵家の歴史を遡っても二百年は現れていない。

ラインハルトが祖先の遺産ともいうべき魔力——水の操術《そうじゅつ》を持って生まれた突然変異個体だから、引き寄せてしまったのかもしれない。

そういう意味で、良くも悪くも彼は『選ばれてしまった』のだ。


呪いを受けたラインハルト自身よりも父のほうが落胆がひどかった。

もともと病弱だった父は、息子が呪いを受けたことを知ると、解呪法を調べようと無理を重ねたのがたたって衰弱してしまった。

ラインハルトも手をこまねいていたわけではない。

解呪の方法を記した古文書を見つけたが、それは今日《こんにち》ではとうてい不可能な方法だった。

結局は、呪詛の徴が現れたらすみやかに婚姻を結び、後継者を残すしかないのである。

衰弱したままとうとう快復することのなかった父を看取《みと》り、喪に服しながら公務の引継ぎや所領の各地の問題解決に奔走した。

結婚について考えた末に、ラインハルトはエタンセル家で会った娘を娶りたいと思った。

十代のうちから結婚話はあるにはあったが、どの令嬢を見ても全くラインハルトの心が動かず、見合いに至らないうちに消滅していた。

余命が限られているとわかると、よりいっそう名も知らないその少女への想《おも》いが強くなった。

自分が死の呪いに囚われてしまったからこそ、あの明るく生命力に満ちた瞳の輝きを欲したのかもしれない。

こうして、ミリアを探し出して伯爵に結婚の許可を得て、婚約期間三か月で挙式し、今の時点で痣が現れてから十か月経っている。

呪詛が解けなければラインハルトの命は長くてあと二か月。

先祖と同じ運命をたどるとしたら、ミリアが送る結婚生活のなんと短いことだろう。

呪いについては母と、別居している祖母、そして叔母たち限られた親族にしか話していない。

本来なら自分ひとりで抱えるつもりだったが、父の喪明けを待たず結婚することに同意を求めるには、事情を打ち明けるしかなかったのだ。

オリバーにも言っていないが、彼は何かおかしいと気づいている。

そして、いちばんそれを知る権利があるはずの新妻に、どう切り出そうかと悩んでいる。

＊　＊　＊

ミリアたちは部屋に戻ると、早速お茶の用意をした。

といっても、ヘラが調達してきたのだが。

「さっきはどうなることかと思いましたよ。お嬢様があんなに積極的に旦那様に働きかけなさるとは驚きましたが……もちろん悪いことではございません」

「違う、そうじゃないの、この性癖のせいでつい……」

「せ、性癖……！」

ヘラが目を剥いた。

あの時、ヘラは少し控えて見守っていたので、新婚夫婦のやりとりの詳細については聞こえていないだろう。新婚夫婦の間に誤解があったらしいということも。

「いずれにしましても、お嬢様のご心配は取り越し苦労でございましたね。旦那様はちゃんとお嬢様のことを気にかけておられました。あたしは安心しました」

丸いテーブルの中央に花を飾り、焼き菓子も用意して――ヘラが、庭師や厨房《ちゅうぼう》の使用人たちと仲良くやっているのかはわからないが――食器を並べて準備万端整った。

「そう？　彼、わたしを気にかけてたっけ？」

「あんなに愛おしそうにお嬢様をお抱きになり、こちらはお腹《なか》いっぱいでございますよ。それに、兵隊さんたちも当てられっぱなしでした、お嬢様」

冷静に振り返ると、ミリアから抱きついたような感じだったろうと思うが。

「まあ、とにかく素敵なお土産《みやげ》を持ってきてくれたことは間違いないわ」

ミリアはそれだけで満足だったので細かいことは気にしないでいられる。

「お土産、でございますか？」

「あ、ううん。なんでもない」

彼女はうきうきと、マントの修繕に思いを馳せる。

裁縫箱は持ってきたが、作業台や皺《しわ》をのばす道具までは持参しなかったことが残念だ。

「お嬢様も嬉しそうでなによりでございますね……」

「ええ、楽しみだわ……本当に」

かみ合わないながらも、初めてこの部屋に夫を迎える緊張感と期待に、二人とも浮き足立っていた。

そしてまもなく彼がやってくるというので、ヘラが退室した。

結婚したとはいえ、まだ他人同然の夫だ。

彼は湯浴みをして旅の汚れを落としたらしく、真新しいシャツに着替え、クラヴァットを緩く結んで、くつろいだ姿でやってきた。

さっきは忘れそうだと言ったが、相変わらず顔がいい。

「いきなり留守にして申し訳なかった。……お茶を一緒していいかな」

「……もちろんです。お待ちしてました」

彼女はラインハルトからマントを受け取って、それを脇机に置くと、夫のためにお茶を淹《い》れ、焼き菓子と一緒に勧めた。

「お茶を飲んでいる間に直しますね」

ミリアが嬉々として裁縫箱を取りに行こうとすると、ラインハルトは言った。

「いや、繕うのは後でいい。大事な話をしたいんだ。ここに座ってくれ」

ミリアは彼に従った。

これから結婚生活を始めるにあたっての決まり事を聞かされるのだろうか。

「さっきは笑顔で迎えてくれてありがとう。旅の疲れが一気に飛んだ」と彼は切り出した。

「あ、なんというか……ごめんなさい、みなさんの前で」

「いや、嬉しかったよ。ところで、きみに訊《き》いておきたいことがあるんだ」

長椅子に横並びでそう言われ、ミリアは思わず姿勢を正した。

「はい……どうぞ」

「結婚式の誓いの返事の時に、微妙な間があっただろう？」

「あっ、はい」

しかも短い言葉なのに噛《か》んでしまったことは記憶に新しい。

「それで思い当たったんだが、私はきみから直接、求婚の返事をもらったっけ？」

――今さらそれを訊く？

「ええと……してませんね。父がとんとんと進めてしまって」

「やはり、そうだよね。教会で司祭に尋ねられた時、きみは結婚の誓いにすぐにイエスと言わなかったから――。ひょっとしてきみの意に染まぬ結婚だったか。ご両親の圧力で無理やり嫁がされたのではないか？　もしかして別に好きな男とか――」

「いえ、いません、そんな人！」

ミリアが強く否定すると、彼は少し驚きながらも、ふわりと和らいだ笑みを見せた。

「そうか――よかった。あの時は、自分の地位が、相手の事情を付度《そんたく》せずに結婚を強要できるということに気が回らずに求婚してしまったから、ずっと心配だった」

謙虚なのか天然なのか。

地位どころか容貌も人柄も、世間の評判においても、お断わりする理由がひとつも見つからなかった。もちろん、今までのミリアは、相手になんの欠点がなくても気が進まないというだけで断ってきたし、父もまだ慌てなくていいと言って娘の望むようにしてくれた。

公爵の権威に逆らえないのは確かだが、父を困らせることなく受け入れた理由には、彼がシャツを破ってしまって、それをミリアが繕ったという出会いに縁を感じたからというのもある。

「むしろ、どうして公爵様がこんな地方領主の娘を探していらっしゃったのか不思議なくらいです。ご一緒したのはほんのわずかの間だけでしたのに」

すると、公爵はとんでもないことを言いだした。

「……あんなに大胆に膝に馬乗りにされたのは初めてだったから」

「えええ」

「いや、冗談だ。私の地位や財産に対してギラギラした視線を送ってくる女性は少なくないが、きみの目は邪心がなく、輝いていた。私はそれが忘れられなかったんだ。子どもだったからというのもあろうが、今も変わらないようで安心した」

物好きな人もいるものだ。

「わけがわからないという顔をしているな。あの時のきみはまだ子どもだったが、色恋沙汰抜きにして人を魅了するものがあったんだよ。きみは自覚していないんだと思う。……他の男には見せてほしくない顔だから気をつけてくれ」

「どういう顔ですか、それ？」

「ああ、さっき飛びついてきた時もそうだった。――あんまりかわいいから人前で抱きしめてしまった」

どうやらミリアが繕い物を見つけた時のことらしい。

そんなに嬉しそうにしていたのか、自分。

繕い物を見ると見境がなくなると、いつもヘラに叱られているというのに。

それを喜んでくれている公爵に、なんだか申し訳ない気がした。

「きみが変わらずにいてくれて本当によかった。諦めずに探してよかった」

公爵はしみじみと言った。

諦めずに、という言葉にミリアはふと引っかかる。

「でも一度は、身分差があるからと諦めたとおっしゃってましたね。……どうして急に考えが変わったのですか？」

それは彼がミリアを使用人の子どもと勘違いしていたからなのだが、求婚した時点でも、彼はまだ彼女が伯爵の娘だとは知らなかった。

彼がこうして話し合う時間を作ってくれたことで、その誠実さは信じられる。

だから、なんでも訊いておこうと思うのだ。

「何か、急ぐ理由があったのでしょうか?」

その時、ふと彼の表情が曇った。

視線はしばらく宙を彷徨い、言葉を探しているように見える。

これだ。この違和感が教会での誓いをためらわせたのだ。

申し分のない結婚、申し分のない相手。

だが、教会に列席した親族の喜びきれない顔。

義母のフランチェスカも時折見せる、すがるような悲しい目——。

ミリアがどんなほころびも見逃すまいとするように、彼の顔を食い入るように見ると、彼は一瞬彼女を見て、それから視線を逸《そ》らした。

鼻筋の通った端正な横顔、切れ長の潔い黒い眼差し、形のよい唇は動かない。

洗いたての黒髪はさらりと整い、湯浴みの香料か、清々《すがすが》しい匂いがする。

彼は膝の上で手を組んで指を微《かす》かに動かしていた。

心情を表しているとすれば、わずかなその部分だけだ。

彼はマスケラをつけたように、心の読み取れない顔になってしまった。

やがて、彼は答えた。

「……父が亡くなって、世継ぎが私ひとりだけでは心許《こころもと》ないから結婚を急いだんだ。その時に、一緒になるならきみがいいと思った……という説明では納得できないか？　信じてもらえたら嬉しいが」

彼は伏し目がちだったから、本心を言っているのかどうかはわからない。

「はい」とミリアは答える。

もちろん彼女が納得したわけではない。

――明らかに様子が変だもの。嘘《うそ》の匂いがする。

ミリアは彼の心にどこか傷んだ部分があるように思った。

それは心のほころびということだ。

ミリアはそういうものに弱い。

完璧なものよりほころびたものに惹《ひ》きつけられる。

「信じます」

彼は安堵したように一瞬目を閉じ、ありがとう、と言った。

ミリアがそれ以上追究しなかったのは、慌てる必要はないと思ったからだ。

時間はいくらでもある。

いずれわかる時がくるだろう。

「じゃあ、冷めないうちにお茶を頂きましょうか。夫婦として初めてのお茶会ですね」

ミリアが話題を変えると、ラインハルトはほっとしたような笑顔を見せて言った。

「ああ、そうだね」


それから、彼女はラインハルトにお茶のお代わりを注ぎ、自分はマントの破れた箇所を見つめた。

どうやって修繕すればいちばん見栄えがいいかを考える。

ラインハルトとの会話が途切れても、これがあれば困らない。

「でもどうしてちょっと焦げてるんですか？　危ないところに行っていたんですか」

ミリアが呟くと、ラインハルトが言った。

「それほど危なくはなかったが、つい先陣を切って飛び込んでしまう性質《たち》で、オリバーにも叱られた。ああ、きみにはまだ紹介してなかったが、やつは幼馴染《おさななじみ》で、最も信頼できる側近でもある……それにしても、そのマントをきみ自身が繕ってくれるのか？」

「もちろん！　こんな大切なものを他の人にやらせるなんて」もったいない、という最後のひと言はこらえて言わなかった。

「……でも、よく考えたら公爵様がほころびを繕ったマントなんて着ませんよね。これはお直しをした後は、誰か下の者に――」

「いや、新妻が初めて手仕事をしてくれるんだ。記念に大事にする」

「では、繕いが終わったら返しますね。うまく仕上がるかしら……」

彼女がわくわくしていると、ラインハルトもつられたのか口元をほころばせた。

ミリアは、自身の目が五年前と全く違わない輝きを湛《たた》えていること、そして飢えた野獣のような気持ちで繕い物を凝視しているにも関わらず、傍からは夢見がちな可憐な美少女にしか見えないことに気づいていない。

「なんですか？」

「なんでもない。……さて、城内を案内しよう。お茶をありがとう」

と言って立ち上がったが、ドアの側で一瞬躊躇《ちゅうちょ》したように立ち止まる。

「公爵様、どうしました？」

「ラインハルトでいい。教会の誓いをもう一度確認させてもらっていいか？」

「はい……？」

その言葉の意味がわからなくて、ミリアは不思議そうに見返した。

彼はクラヴァットをしっかりと締め直して向き直り、しかつめらしい表情で言う。

「汝、ミリア・エタンセルはラインハルト・ヴェッセルを夫とし、生涯愛することを誓いますか？

……私はまだ、きみの本当の答えをちゃんと聞いてない」

「あっ、そ、そうですね。噛んじゃいましたものね、『は、はぅ』って、そんな返事ないですよね」

「ミリア、茶化《ちゃか》さないで。……誓うか？」

ミリア、と呼ばれて心臓がどきんとした。

二人、見つめ合う。

目を逸らさせないというような、しっかりとした意志のある眼差し。

彼はもう想像上の生き物ではなく、今は血の通った人間だと思える。

ミリアはうっとりと微笑んで答えた。

「はい、誓います」

すると、彼の顔はやや明るくなった。

「よかった。感謝する」

それで終わりかと思ったら、まだ彼は芝居じみた物言いを続けた。

「私、ラインハルト・ヴェッセルはここなるミリア・エタンセルを生涯の伴侶として愛することを誓う」

彼は宣誓をして、それからミリアの肩に手を置いてそっと引き寄せた。

「誓いのキスを」

彼はそう言い、背を屈めて顔を近づけてきた。

ミリアは動揺して、目をぎゅっと閉じた。

頬《ほお》に手が添えられ、唇が塞がれる。

結婚の誓いなのだから、ただの儀式だとわかっているのに胸が高鳴る。

未婚の娘が初めて恋をしたようなときめきだ。

教会でした儀式の口づけは一瞬かすめただけの儀礼的なものだったが、これはなんて甘く、柔らかくて素敵な口づけ……！

どのくらい唇を重ねていたかわからないが、ふと唇が離れたので、ミリアは目を開ける。

黒い虹彩《こうさい》が首を傾けてこちらを見下ろしていた。

深くて美しい輝きを秘めた眼差しに息が苦しくなる。

頬が熱くて、恥ずかしくなってうつむくと、顎をくいと指で持ち上げられた。

「ラインハルト……」

その名前を呼び終えないうちに、もう一度口づけされ、抱きしめられる。

さっきより少し乱暴で、濃厚で熱情的なキスに、ミリアは気が遠くなりそうだ。

——今始まったんだわ。

ミリアはそう思った。

この結婚は、今始まったのだと。

＊　＊　＊

それから、ラインハルトは城の中を案内してくれた。

彼とミリアの寝室は、間に召使いの小部屋をひとつ挟んで隣り合っていた。

城の外観は質実剛健の体だが内装はどれも極上の家具や調度がしつらえられていた。

ロングホールを飾る彫刻や異国情緒のある壺《つぼ》や数々の肖像画など——博物館を歩いているようだ。

ラインハルトにエスコートされて歩いていくのが気恥ずかしい。

いちばん気になったのは裁縫部屋だ。

その中で使用人たちが繕い物をしたりアイロンをかけたりしていると考えただけで、ミリアの手がうずうずとしてしまう。

しかし、地下の使用人の階はあっさりと通り過ぎてしまい、中を見ることはできなかった。

「公爵夫人が出入りする場所ではないからね」

彼の言うとおりだが、残念でならない。

あとでこっそり見に来ようと思う。

「ここが公爵家の私設礼拝堂で、好きな時にいつでも祈りにきてかまわない……ああ、今も先客がいるようだが」

そこはヴェッセル家の個人的な祈りの場所なので、結婚式を挙げた教会ほど広くもなかったが、城の中でも金彩がひときわまばゆい。

中央の通路を境に左右に細長い会衆席が並んでいて、いちばん前の列には黒いドレスを着た三人の女性が座って祈っていた。白髪の老女と付き添いらしい若い女性、そしてもうひとりは挙式の時に見た覚えのある中年の女性で、確か公爵の叔母アレクサンドラだ。

前公爵の実妹であり、フランチェスカと並んでこの義姉妹は揃ってお通夜のような雰囲気を醸し出し、ミリアの結婚の誓いを詰まらせた遠因にもなったので忘れようもない。

「祖母上――いらしていたとは」

ラインハルトが声をかけると、三人は立ち上がった。

――公爵様のお祖母様……！

結婚式にも祝宴にも出席していなかったのは高齢だからだろうか。

「ラインハルト。……式には出なかったけど、一度くらいは見ておこうと思ってね」

老女がそう言うと、ラインハルトは戸惑うような表情をして言った。

「見世物ではありませんが……こちらが私の妻のミリアです。ミリア、祖母のテレージア、叔母上は式で会っているね。祖母はこの城ではなく、フィーリッツという村で静かに暮らしているので、今後もそう会うことはないだろう。……今のうちに紹介できてよかったかもしれない」

「ミリアでございます。よろしくお願いします」

テレージアはふん、とひと言、返事とも言えないような声を漏らしただけで、品定めをするような目つきでミリアをじろりと見た。

「随分身体が細いけど、大丈夫かしら？　フランチェスカも脆弱《ぜいじゃく》だったから世継ぎをひとりしか産めなかったし、アレクサンドラも独り身のまま――これでは公爵家は」

「お母様、おやめになって。祝福をなさりに来たのでしょう？」

叔母のアレクサンドラが遮《さえぎ》ってその場は収まった。

なかなか気難しそうな祖母だ。

一歩控えてその身体を支えるようにして立っている女性は、ミリアより二、三歳上といったところで、褐色の髪を下ろしているので独身だろうが、ラインハルトからの紹介もなく、彼は視線すら投げなかった。

彼女の切れ長の、エメラルドの虹彩を持つ目は、大して興味なさそうにミリアを一瞥した。その後、ラインハルトに一瞬、ねっとりとした視線を投げた。

なんだか奇妙な空気である。

「祈りの邪魔をするつもりはないので、ごゆっくり」

と言うと、ラインハルトはミリアの背中を抱えるようにしてその場から離れた。

「この後、街で買い物をして、今夜ここで一泊したら明日帰ります。アレクサンドラ……馬車を待たせてあるので行きますよ。モニカ、私の杖《つえ》はどこ？」

テレージアの声が聞こえた。

あの付き添いの女性はモニカという名前なのだろう。

「外へ出よう」

ラインハルトは少し不機嫌になったように見えた。

「ご挨拶、あれだけでよかったのですか？」

「十分だ」

散策はさらに続く。

渡り廊下から見下ろすと、別棟の厨房と広場を挟んで砲台、衛兵詰め所、それから外郭の端に廃墟《はいきょ》のような建物が見えた。

「あれは何？」

「あれは二百年前に建てられた聖堂だよ」

「中は見られないの？」

「さっき見た礼拝室が新しく建てられて、今は機能していない。その上、昨年の地震で崩れた箇所があって危険なので出入り禁止になっている。壁画があったらしいが、テンペラ画はほとんど薄くなってかすかな痕跡しか残っていない。きみはそういうものも好きなのか?」

「無理にとは言わないけど、機会があれば見たいわ」

「城内は広いから、今日は全体をざっと案内するよ。ひとつひとつ鑑賞していたら何日もかかる。次は図書室だ」

図書室は、火気厳禁の書庫と、窓のある閲覧室に分かれている。

ミリアの実家とは比べ物にならないほど立派な蔵書揃いだった。ノイバウアー村の場所も知らなかったミリアは、時々ここで公爵領について勉強しようと思う。

神学書全集に法典、気象学、天文学、海洋学、地質学、鉱物、植物、動物——。

アーチ形の通路の下には、珍奇なテーマの蔵書が集められていた。

毒物や奇譚《きたん》など、オカルト的な書物までさまざまだ。

「これは何かしら」

ミリアは書棚の端にあった本に目を留めた。

黒い革に金の箔押《はくお》しが物々しい装丁だが、薄暗い場所にあるのにひときわ輝いて見える。

そっと抜き出すと背に『呪術表象学辞典』と書かれている。ページをめくると、紋章のようなマークが黒いシルエットで描かれていた。

目次には、吉兆と凶兆、四元素の操術、妖獣による呪い……などとある。

――呪いって……今もあるんだ。

ミリアの知識では、大昔、人間は妖獣たちと共存しており、魔術や呪術を駆使して操っていたそうだが、妖獣は絶滅し、人間の能力も衰退したぐらいのことしか知らない。

ぼんやりと目次を見ていたら、ラインハルトの手がすっと伸びて、その本を閉じた。

彼は上背があるから、ミリアの背後から難なく本を取り上げて言った。

「全部読むつもりかい？　日が暮れるよ。最後は執務室だ」

「あ、そうでした」

執務室は公爵が職務に携わる部屋で、大きな机の上に書類が積まれていた。

ノイバウアー村の騒動鎮圧の間に溜《た》まったらしい。

そこでには、彼の側近らしい男を紹介された。

背はラインハルトと変わらないが身体の厚みや肩幅はたいそうな筋肉に包まれており、気の弱い人間なら彼のひと睨《にら》みで怯えてしまいそうだが、話せばとても物腰が柔らかい。

「オリバー・ツヴァイクです。初めてお目にかかります、若奥様」

彼は初めてと言ったが、実際には宴を待っている時にラインハルトに危急の知らせを持ってきたのがこの男だったのをミリアは覚えている。

こういう挨拶の場合、身分下の者や男性から女性には握手を求めないので、ミリアのほうから手を差し出すと、それに応えて手を出したオリバーをラインハルトが遮った。

「だめだ、おまえの握力ではミリアのか細い手が折れてしまうだろう」

その言い分には呆れてしまったミリアだが、オリバーの返した言葉でさらに驚いた。

「嫉妬ですか、見苦しいですよ」

「私の側近だということがわかればそれでいい、手を握る必要などない」

と、まともに返すラインハルトも信じられない。

側近と気の置けない仲だということはわかった。

「あなた方を待つ間に、書類を分類しておいたのですが。大至急、閣下のサインが必要な案件と、こちらの束は若奥様向けのもの――たとえば養育院や施療院の慰問や招待についてのお返事を出されるというような。もちろん急ぐ必要のないものです。雛形《ひながた》は過去のものを見本にご用意したので、これを参考になされば難しいことではありません。新婚生活が落ち着いたら、お二人で同時に片付けられてはいかがですか」

見た目に寄らず、なんと繊細な男性だろうと、ミリアは感心した。

夫婦で執務ができれば、公爵夫人の務めにも早く慣れるだろう。

それにはラインハルトも納得した。

「なるほど、そうすれば溜まった公務をこなしている間、ミリアをひとりにしておくこともない。気が利くな、オリバー。もっとも、今日は断じて仕事などしないが」

「領地の保安に手抜きは禁物ですから、せめて楽しくできるように心を砕いたのですがね。握手ひとつもケチるとは、狭量ですね」

ずばりと辛辣な言葉を残して、この頼れる側近は執務室から出ていった。

「しかし、新婚の私にこんな味気ない仕事をさせようとは全く……武骨な兵たちのほうがよほど理解があるな」

不平をこぼしながらも、彼は危急の書類を広げて一瞥し、すぐに畳もうとしたがその手を止めて溜息を吐いた。

「すまない、一件だけ急がなくてはならないものがある。きみは先に部屋で休んでいてくれ、すぐ行くから」

「オリバーさんが言ったように、わたしに割り当てられた仕事をこちらのテーブルでしましょうか？　それなら待つこともなく一緒にいられます」

ミリアはそう言ったが、ラインハルトは首を振った。

「いや、すぐに終わるから」

それならここで待っていてもよさそうなものだが。

ミリアは彼の隣で一緒に公務をしたかったが、彼がまた仮面のようになってしまった気がして、それ以上は言えなかった。

「わかりました」

ミリアが執務室を出て、寝室に向かう途中でテレージアの付き添いの女性とすれ違った。

彼女は、今はひとりで歩いており、ミリアを見ると一礼してそっと近づいてきた。

ラインハルトからの紹介はなかったが、彼女はモニカと呼ばれていた。

テレージアはその娘、アレクサンドラと街へ買い物に行くと言っていたので、老貴婦人の付き添いから解放されて城に残っていたのだろう。

「さきほどは大奥様の言葉に傷つかれたでしょうね」

と彼女はねぎらうように言った。

「大奥様は他人に厳しい方だから――あまり気に病まないでくださいね、若奥様」

他人という言葉にぎくりとしたが、彼女が何か忠告したがっているようなので、ミリアは黙って聞いていた。

「ラインハルト坊ちゃまには今までもいくつもご縁談があったけれど、いつも大奥様が干渉なさってうまくいかなかったのです。今回は大奥様とよくお話なさらずにさっさと式を挙げておしまいになって……だからさっきもあんなふうに」

ミリアはどきりとした。

この女性の言い分によると、テレージアはこの結婚に反対していたということだろうか。

確かに歓迎されている雰囲気はなかった。

だからといって、ミリアが傷つくようなことをわざわざ密告する必要はない。

嫌なことを聞いてしまった。

「それで？　何がおっしゃりたいのでしょう」

ミリアが冷静に問い返すと、モニカはわざとらしいほど悲し気に言った。

「これからの若奥様のご苦労を思うと心が痛みます。大奥様は私にしか心をお許しにならないので」

――わたしがお祖母様にいびられるということかしら。

「そうですか。お祖母様と結婚したわけじゃなくて、よかった。わたしは粗忽者《そこつもの》ですから……」とミリアは心からの思いを口にし、モニカをねぎらうように言った。

「お祖母様のご面倒を見てくださり、感謝します」

モニカは一瞬たじろいだ様子だったが、最後にこう言って別れた。

「大奥様のこともですけど、ラインハルト坊ちゃまのことも、私、よくわかってますから。困ったことがあったら、なんでも相談なさって」

ミリアは一瞬、どう返していいかわからなかった。

これは挑発なのか、それとも本物の厚意なのか？

「ご親切にありがとうございます。それでは」

ミリアは理不尽に思いながらも、その場は穏便にやり過ごした。

＊　＊　＊

——なんなの、あの人……？

テレージアについては老人の気難しさと思って流せるが、モニカの存在は心を騒がせる。

坊ちゃまのことは何でもって……。

礼拝室でもラインハルトのことをねっとりした目つきで見ていた。

怪しい、とても疑わしい。

ミリアの心は穏やかではなかったが、幸い、気を紛らわすものがあった。

「そう。これよ、これこれ……！」

ラインハルトのマントを眺めて、ミリアは修繕方法を考え始めた。

そうすると、嫌な事は川の水に流されるように心から遠のいていく。

「焦げた繊維の端を切り落として、裏から布を当てて叩くように縫うのがベストね。でも裏地がついているからそれをほどいて……」

などと頭の中で段取りを始めたら、もうじっとしていられなくなった。

「……だめ、がまんできない」

ミリアはマントを抱え、部屋のドアを開けた。

彼女は廊下を歩き、さきほどラインハルトに案内してもらった使用人の階に下りていく。

そして、ミリアは裁縫部屋のドアを叩いた。

「はぁい、誰？　開いてるわよ」

ミリアはドアを開け、声をかける。

使用人仲間だと思ったのだろう、中からぞんざいな返事が聞こえた。

「あの……いいかしら、入っても？」

「はいっ……？　えっ、わ、若奥様っ？」

その驚き方と狼狽《ろうばい》ぶりといったら。

血の気の引く音が聞こえるような顔色の変わり方だ。

その叫び声に、他の使用人がどうしたのと集まってきて、一様に立ち尽くす。

「し、失礼しました、若奥様！　何かご用でしょうか」

そんなに怖がらなくていいのに。

「ちょっと火のし《アイロン》を使いたいの」

「火のしですか！　か、かしこまりました。ちょうどシーツを伸ばしておりましたので、炭を入れて温めてあります。お部屋でお使いになりますか？」

なんとも気まずい空気の中、ミリアは室内を見回した。

思ったより広くて、立派な作業台もあるし、縫製に必要な道具も十分揃っていそうだ。

彼女はひと目でその部屋が気に入り、うきうきと作業台のところまで歩いた。

「いいえ、ここでやるわ。ちょっと使うだけだから」

彼女は布を巻いた作業台の上にラインハルトのマントを丁寧に広げる。

それから辺りを見回し、無色の液体が入った小さいボウルを見つけた。

「これ、薄めた卵白よね？」

ミリアが訊くと、使用人のひとりが答えた。

「はい、シーツに糊《のり》づけをした残りでございます。少ししかありませんが足りますか？」

「十分よ。……それと、リネンかウールの切れ端はないかしら？　このほころびが隠せるくらいの。色は暗いものがいいわね」

と、ミリアが言うと、恐る恐る見守っていた女たちが反応して、すぐに端切れを持ってきた。

本来ならこんな作業は使用人のすべきことだったが、この見慣れない女主人をどう扱っていいものかわからないのだろう。誰も「自分がやります」とは言わない。

「ああ、これよこれ！　ぴったりの布ね。ありがとう」

ミリアはマントを裏返して形を整え、裏地の縫い目を探す。

それから縫い目を丁寧にほどいて、ほつれた箇所の裏側を剥《む》き出しにした。

まず、ほどいた裏地の隙間から指を入れ、表地の修繕箇所を整える。

さらに、水で溶いた卵白をほころびた箇所の裏側に塗りつけた。

その上から薄いリネンの切れ端を被せ、火のしをかける。

この補修の仕方はミリアが考えだしたものだが、使用人たちには珍しい方法だったらしく、いつの間にかミリアの背後を取り巻くようにその作業を凝視している。

ミリアは黙々と作業を続けた。

マントを表に返して、ほころびて飛び出している繊維を小さな鋏で丁寧に切り落とす。

「どうして卵白をお使いになるのですか？」

といちばん若いメイドが尋ねた。年の頃はまだ十二、三歳といったところだろう。

「いい質問ね。あなた、名前はなんて言うの？」

ミリアがそう言うと、メイドはギルベルタです、と答えた。

「これは糊の代わりなの、ギルベルタ。薄い布を当ててこうして熱をかけるでしょう。そうするとどうなるか……ほら、見て。二枚の布が貼りついて、破れた部分の補強になるの」

「シーツの皺を伸ばす以外にもそんな使い方が……！　初めて知りました」

公爵家の使用人は、ミリアの熱中していることに呆れたりせずに感心してくれている。

それは意外だったが嬉しいことだった。

二十歳ぐらいのメイドがギルベルタに「これ、若奥様の邪魔をしてはいけないよ」と注意したが、ミリアはかまわないと言った。

自分がこの少女くらいの年頃は勝手気ままをしていたものだと思う。

「あとは、針と糸で縫うんだけど――お裁縫箱を部屋に置いて来たからもう行くわ」

と、ミリアが言うと使用人のひとりが「糸も針もここにございます！」と言って自分の左手首につけたピンクッションごと差し出した。

「糸はマントとそっくりな色が必要なのよ」

この要求に、三人のメイドが頭を寄せて糸箱を探り、ちょうどいいものを出してきた。

「若奥様、この糸でいかがでしょう？」

差し出された糸を、マントの上に載せて慎重に色を見比べた。

「……これでいいわ。ありがとう！　じゃあここでやってみます」

ミリアは糸を指でしごいて捩れを戻し、針に通した。

「この指貫《ゆびぬき》をお使いください」とひとりが真鍮《しんちゅう》の指輪のようなものを差し出せば、別の者は「どうぞお座りになってくださいさい、若奥様」と丸椅子を持ってくる。

ミリアはその後の始末は自室でしようと思っていたのだが、言われるままに腰を下ろした。ミリアは繕い物さえできれば、誰が見ていようとかまわない。

マントの布地とそっくりな色糸で、恐ろしく細かい針目で破れた箇所を縫い進み、正確に同じ大きさの針目で何往復も運針するという、根気の要る作業だ。

「あのう……私たちも最後まで見ていてようございますか？」

結局、ギルベルタに注意していた年長のメイドたちも、すっかり引き込まれている。

「もちろんよ。決して糸を引っ張らず、緩めに縫わないと引《ひ》き攣《つ》ってしまうから気をつけて」

どことなくよそよそしいと思っていた使用人たちも、話してみれば気持ちのいい人たちだし、ミリアの作業を見守る視線が真剣なのも好感が持てる。

祖母譲りのミリアの技術は、職人として尊敬される域に達しているのかもしれない。

「細かい針目でございますね、若奥様」

「若奥様、その縫い方はなんでございますか？」

メイドたちが遠慮がちに尋ねる。

ミリアは手の動くのに任せて運針を続けた。

「さあ、縫い方に名前があるのかどうかは知らないけど、織り糸と区別がつかないくらい細かく縫えば目立たないでしょう。裏に貼った布を一緒に縫うから丈夫になるし」

「なるほど、すばらしい技術です、若奥様」

「卵白でくっつけなさったらそこだけ硬くなりませんか?」

するとまた別の質問がくる。

「それは縫い終えてから水でやさしく洗い落とせばまた柔らかくなるんじゃないかしら」

すると称賛の混じった嘆息が起こった。

「あとはさっきほどいた裏地を元通りに縫い合わせて……さ、できたわ。これはラインハルトのマントなの。もう行くわ」

一時間ほど経った頃、ミリアは仕上げの火のしをかけると、立ち上がった。

「お見事でございます! 若奥様」

直したマントを眺める使用人たちの目はキラキラとしていたし、物腰もこの部屋に来た時よりうんと柔らかくなっていた。

「どこが破れていたのかほとんどわかりません!」

「若奥様! 勉強になりました」

「あなたちも覚えておいて損はないから。……あっ、でも、できれば繕い物はわたしにやらせてね。暇だから、お願いよ！」

ミリアがそう頼むと、いちばん幼くて人懐っこい少女ギルベルタが笑って言った。

「若奥様は気さくなお方ですねえ。あたしたちのするような仕事を嬉しそうになさって。はい、何か繕うものができたら取っておきます」

時間を忘れて繕い物をしたミリアはなんともいえない幸福感と達成感に酔いしれていた。

寝室に戻ると、そこにはラインハルトがいた。

第三章

「ミリア……！　探したよ。どこへ行っていたんだい？」

彼はミリアの表情を窺《うかが》うように見つめていた。

少しだけのつもりが、けっこうな時間が経っていたことに気づいて、ミリアは慌てた。

「……裁縫部屋へ行っていたんです」

「裁縫部屋？　地下の？」

「ええ、さっき案内してもらって、場所だけはわかっていたから。マントに火のしをかけにいくだけのつもりだったんですけど、つい長居してしまって。ごめんなさい、無断で」

するると、彼はほっとしたように息を吐いた。

「……どこかに迷い込んだのかと思った。ヘラに聞いてもわからないし、……彼女も今探し回ってる。念のため兵舎も見てくると言っていたからオリバーも付き添わせた。まさか兵舎なんて、そんなはずないだろうに」

ミリアは目眩《めまい》を覚えた。

ヘラはミリアの冗談を真に受けて、彼女が繕い物を強請《ねだ》りに兵のところへ行ったと考えたのかもしれない。

――いくらわたしでも、嫁ぎ先でそこまではしないわ。

「何を考えているのだろうな、きみの乳母は。わが城の兵たちは公爵夫人をさらって連れ込むような不埒《ふらち》者ではないはずだが」

これではまた別の勘違いが生まれそうだ。

「ごめんなさい！　ヘラがそう思ったのには事情があって……わたし、言っておかなくちゃいけないことがあるのです！」

ミリアは声を張って謝罪した。

「何だい？　言ってごらん」

「正直に言うとわたし、繕うことが大好きなんです！　実家では使用人からもほころびた服をひったくるようにして縫ってました。ヘラには『異常です、いい加減になさい』って言われるほどで……でも、破れた衣類を見るともういてもたってもいられない性分なんです」

「へえ……？」

「だから、どうしてもあなたのマントを修繕したくなっちゃって」

こんな悪癖を持つ妻に驚いたのか、ラインハルトはしばらく呆然としていた。

「だから、本当ならわたしが行くような場所ではないって言われても、裁縫部屋に行くのを許してほしくて。どうぞ……このマント、ちゃんと直しましたので――」

ミリアがそっと彼にマントを差し出す。

「……なんだ、そんなことか。裁縫部屋に行きたいのならいつでも行ってかまわないさ。……それで、マントを直した？　どこだい？」

彼が修繕箇所を見つけられないのも無理がないほど、うまくいっていた。

ミリアは彼の両腕にかけてマントを広げ、直した箇所を指で示した。

「ここです、ほら」

「へえ……こりゃすごい」

彼はしばらくマントの修繕痕を見ていたが、やがてその端正な顔をくしゃっと歪《ゆが》ませ、頭を垂れて笑いだした。

「公爵様……？」

「なるほど、初めて会った時も、きみは私の肩の破れを嬉しそうに縫っていたな」

「そうです！　あの時、わたし本当に嬉しくて！　それで、シャツを繕うためにあなたのお膝に乗るという失礼をしてしまったんです」

つまり、初対面から彼はミリアの大好物を携えていたわけだ。

そして今日も――。彼は少し迂闊《うかつ》なのかもしれないが、ミリアにとっていちばん大事な要素を備えた男性といえる。

「そうか、私はそのキラキラしたきみの表情がずっと心に残っていたんだ。あれは繕うことが嬉しかったというわけだな。ほんの少し自惚れていた……がっかりだなあ」

「えええ……！」

夫を怒らせてしまったかとミリアは焦ったが、彼の目は今も笑っている。

「がっかりしました？」

「まあ、これから私のことも破れたマントくらいには愛してくれればいい」

「破れたマントくらいに！」

「どうだ？　私はこいつにとうてい敵《かな》いそうもないか？」

そう言ってマントを眺めているラインハルトを見て、ミリアは思った。

今までこんな確率で繕い物を与えてくれる男性はいなかったし、こんなふうに仕上がりを褒めてくれる人はいなかった……。

――わたし、この人のこと、好きになれそうかも……。

「でも、こんなわたしで本当によろしいでしょうか……」

「もちろんだ！　だが、頼むから他の男の下穿きなどを繕うのはやめてくれよ。あんなかわいい顔をして繕われたら、どんな男だって勘違いしてしまう」

さすがにそんなものを縫ったことはない。

せいぜい小さな子どもの靴下までである。

「ええ、それはお約束します。でもあなたも」

「何だい？」

「たとえ遠い旅先で服がほころびたとしても、絶対に持ち帰ってわたしに繕わせてくださらなければ嫌ですよ。他の人にはお願いしないでください」

ミリアがそう言うと、ラインハルトはまだ笑みの残った顔でじっと見つめてきた。

「ああ、かわいいなあ、きみは！」

そして突然抱きしめられ、頬にキスをされた。

——えええ？

彼の予想外の行動に驚いて、ミリアは固まってしまう。

そこへ、ヘラが駆け込んできた。

後ろに大男のオリバーも控えている。

「旦那様、お嬢様は兵舎にもどこにも……！」

しかしラインハルトの腕は緩められることはない。

ヘラはそれを見てそっと後ずさり、オリバーと一緒に音を立てないように部屋を出ていった。

「な、なんですか、いきなり……っ」

ミリアが焦って反駁《はんばく》したが、彼は抱きしめたままだ。

「いきなりじゃない。こうしたいのに五日も我慢していた」

「でも、ヘラたちが……」

「気を利かせて出ていったが？」

「何か報告したがっていたじゃないですか」

「何を？　若奥様はどこにもいませんでした、などという間抜けな報告を？」

「と、とにかくですね……一度お離しくださいません？」

じたばたしていたら、その手首を掴まれ、唇に唇を重ねられた。

「ん……んん、……っ」

その口づけは、ミリアの全身から力を奪っていった。

足が震えて立っていられないほどの官能的なキス。

彼の背中に腕を回してしがみついていないと溶けて崩れてしまいそうになる。

ラインハルトはそれを察してか、ミリアを横抱きにしてベッドへと運んだ。

「やっと自分の人生に対して前向きになれた。きみに会えたからだ」

――やっと、ってどういうこと？　今までは後ろ向きだったってこと？

彼の言葉尻が気になるが、それを考える状況ではない。

「ああ……、待っ……て」

性急なしぐさでベッドに身体を縫いつけられ、ミリアは息が止まりそうだ。

彼はこれから何をしようとしているの？

「こんな愛らしい花嫁を五日も放置していたなんて、私はどうかしていた。村がひとつ二つ焼けたってかまわずきみの側にいればよかった。きみと結ばれたい」

「むす、ば、れ……？」

ミリアは少し怯えた顔でラインハルトを見上げた。

「本当の夫婦にならなくては。遅すぎるくらいだ。……私のものになってくれるかい？」

その真剣な眼差しに吸い込まれそうになる。

ミリアの胸に熱いものがこみ上げる。恐れではなく、喜びだ。

「はい」

彼女は従順に頷いて、その身を任せた。

すると、ミリアに覆《おお》いかぶさったまま、彼はゆっくりと口づけをした。

最初は許しを乞うようにそっと重ね、柔らかく彼女の唇をもみしだく。

離れてはまた合わせ、じれったいように擦りつけてくる。

ミリアは目を閉じて、うっとりとそれを受けていた。

「口を開けて」

息の混じった声が彼女の耳朶《じだ》をかすめる。

そう言われて初めて、自分が緊張のあまり唇を固く結んでいたことに気づいた。

そして顎の力を緩めた瞬間、濡《ぬ》れた柔らかいものが歯列の間から滑り込んでくる。

「……っ」

驚いて身体がぴくりと跳ねてしまった。

彼の舌はすぐにミリアの口中に侵入し、その舌を味わうように舐《な》めた。

今朝までその心もわからず、ただ見目麗しく世間の評判も芳しい人と思っていた彼と距離が一気に縮まったよう。舌を絡め合わせるなんて、もう他人ではないと思った。

神聖な結婚の誓いのキスをやり直した数時間後に、こんな激しく淫らなキスに溺れるなんて信じられない。

信じられないけれど、抗えない悦《よろこ》びが全身から溢《あふ》れてくる。

「ん、……んぁ……っ、ふ……ん」

口づけに夢中になっていて、自分が今どんな姿になっているかもわからなかった。ただ覆いかぶせられ、両手を枕に押しつけられ、口の中を蹂躪《じゅうりん》されていることしかわからない。

甘くて、少し背徳的な感じのする口づけ、彼の唾液が口から溢れないように飲み下し、彼もまたミリアの全てを吸い尽くそうというようにむさぼっている。

やがて彼は唇だけではなく、ミリアの白い肌全てを欲するようになった。

白い肌が吸い付くように素晴らしいと褒め、そこかしこに触れ、口づける。

チュッと音を立てて吸われた時は、背筋がぞくぞくするほどの痛痒《いたがゆ》い快感を覚えた。

白い肌が薄桃色に染まり、悶《もだ》えて身体をよじっているうちにドレスが乱れて太腿《ふともも》まで露わになる。

彼の手助けもあって、よじれた衣はそっとはがされていく。

コルセットの留め具が外されると、絞めつけられていた身体がたちまち自由になる。

白桃のような乳房がコルセットから弾け、薄く色づいた乳頭まで露わになってしまった。

「……っ、ぁあ、……や」

彼が一瞬息を呑《の》む。

その無遠慮な視線に恥じ入るように、双丘が微かに震えていた。

「柔らかくて、素敵だよ」

彼の大きな手でそれはゆっくりと握りこまれ、上下にもみほぐされる。

「あっ、ふぁ……っ、あん」

その手のひらの下で、乳頭が硬く勃ったのが自分でもわかった。彼の皮膚にこすれて、じんじんと熱くなる。

「あ、うぁん、なんだか……へん……」

「ここが気持ちいいんだね」

彼はミリアの変化を察したようにそう言い、指先で色づいた果実を摘まんだ。

「ひぁっ……」

その喘ぎ声を呑《の》み込《こ》むように、ラインハルトの唇が口を塞ぐ。

触れられているのは胸なのに、身体の奥が熱を孕《はら》んだように沸き立っている。

——恥ずかしい……！　でも、なんなの、この感覚……？

ラインハルトが丁寧に乳房を愛撫《あいぶ》してくるのに、唇まで捕らわれているため、それを逃がそうと悲鳴を上げることもできず、彼女はただ、身体をのたうたせて官能の揺らぎに翻弄されるしかない。

柔肌に汗がにじみ、ブロンドの髪が乱れて枕に広がる。

とりわけ、下腹部から甘く切ない感覚がじわじわと生まれてきて、どうしても腰が揺れてしまう。

汗なのか何かわからないが、足の間もひたひたと濡れてきた。

ラインハルトはミリアの柔らかい胸を弄んでいた指を離し、唇と舌に取って代わらせた。

「……ぁあっ」

彼女の身体がびくんと反り返る。

今までに味わったこともないような、淫らな感覚にミリアは翻弄されていた。

それが、まだほんの始まりだということも無垢《むく》な彼女は知らない。

夫というものが、妻の乳房を食《は》むのだということも知らなかった。

そして濡れた舌は柔らかく、絶妙な快感を乳首に与えるということも。

「……っ、あ、……っ、ぅ」

無防備に曝《さら》された肌が、薔薇色に染まっていく。

目は快感の涙で潤み、理性は解けて消えた。

唾液でぬめった柔らかい刺激が乳頭を弄《いじ》り、コリコリと甘噛みされるともうたまらない。

「あ、……あ、あああっ……あ、……も、……だめ。いぁ……っ」

びくびくと白い肌を震わせ、彼女は小さな絶頂に到達した。

全てがどうでもよくなるほどの怠惰な愉悦に身を任せて、身をよじらせる。

足の間に彼の手が滑り込んできても、すぐには恥ずかしさも戻ってこなかった。

意志を持たない、感覚だけの生き物になってしまったみたいだ。

彼の指が、秘められた場所に到達した時、一瞬危機感が呼び戻されたが、次にくる快感ですぐに砕け散った。

しっとりと濡れていた隘路《あいろ》に彼の指が侵入し、ひどく敏感な花蕾をひと捌《さば》けしたとたん、ミリアの全身に稲妻のような衝撃が駆け抜けた。

これまでの比ではない強烈で淫靡《いんび》な快感だ。

「あぁ、あっ、あ――っ」

まるで釣り上げられた魚のようにびくびくと身体が跳ねて、自分では止められない。

ラインハルトの魔法使いのような指先はさらに奥へと入ってきて、乙女の恥部を懐柔していく。

最初は微かな痛みを感じたが、すぐにぬるついた体液で滑りがよくなり、後は官能の荒波に呑まれてしまう。

「あ、あん……、あ、ぁああ」

乳房と恥部を同時に責めたてられ、ミリアは淫らな呻《うめ》き声《ごえ》を上げるしかなかった。

「いや、……だめ……あ、あ、……わたし、……おかしくなっちゃう……っ」

蜜壺から溢れるぬめった体液は、彼の指をたっぷりと濡らしてもまだ余って、ミリアの丸い臀部《でんぶ》からさらに溢れてシーツを濡らしていく。

「ああ、すごく濡れてきた」

彼はそう言って、ミリアの内腿《うちもも》にそっと手を添えて開いた。

理性が残っていたなら、恐ろしく屈辱的な姿勢に気を失ったかもしれないが、激しい快感に体力を奪われ、身体がぐったりとして自分の意志ではどうにも動けないほどだ。
ラインハルトがわずかの間、ミリアから離れた。
衣擦《きぬず》れの音が聞こえ、それから再びベッドが沈んだ。
ラインハルトが衣を脱いで再び覆いかぶさってきたのだ。
汗ばんだ肌、濡れて額に張り付く黒髪、悩ましくひそめた眉は凛々しい。
シャツに隠されていたのは、思ったより厚い胸板だった。
彼はゆっくりと下りてきて、その膝でミリアの足を開いていく。
胸と胸が合わさり、彼との距離がさらに近くなる。
さんざんほぐされて濡れそぼった隘路に何か硬いものが触れた。
「ごめん、少し痛いけど我慢して」
何を我慢するのだろうと思ったが、頭が朦朧《もうろう》としてうまく働かない。
ただ、恍惚《こうこつ》と彼に身を委ねていると、腰を引き寄せられた。
「……あ……」
触れていた硬い何かがぐいと花裂を割って押し込まれてくる。
ミリアは反射的に腰を引こうとしたが、彼の腕にしっかりと捉えられて逃げられない。
「力を抜いて、ミリア」

「……ぁ……っ」

「私の妻になってくれ……耐えてくれ」

――もう結婚式はすませたのに、でも、これが妻になるということ？

官能的に響くその低声に、ミリアは頷く。

「いくよ、ミリア」

なんだか無理そうな大きさのものが身体に入ってくると悟った時には、完全に足が開かれて、体重をかけられて動けない状態だった。

「あ、……苦し……っ」

肉襞をこじ開けられ、彼の肉棒がずぶりと挿入ってくる。

「う……ぁ、ぁ……っ」

息が詰まって、声もとぎれとぎれになってしまう。

ラインハルトはそれでも行為を止めない代わりに、ミリアの髪を撫でてなだめ、頬や額に口づけをした。ミリアのブロンドの髪は激しく乱れて額に張り付き、金色の睫毛《まつげ》は露を宿して震えている。半ば開いた瞼《まぶた》から青い瞳が見つめるのは、夫の艶《なま》めかしい苦悶《くもん》の顔だ。

「く……きついね、ごめん」

そう言って、わずかに肉筒を退かせてはまた少し押し込み、戻り際にミリアの花蕾をこすって、甘美な快感を引き起こすのだった。

「は……あ、……ぁあん」

その瞬間、痛みが散っていき、彼女の喘ぎ声に喜悦の響きがにじんでくる。

「もう少しだよ。かわいいミリア」

そして彼がひときわ強く腰を突き上げた。

「ぁあああああっ」

身体が半分に引き裂かれたかと思うほどの衝撃に悲鳴を上げる。

瞼に火花が散り、全身から汗が噴き出す。

「ミリア、耐えてくれ」

「あ……ラインハルト……、ラインハルト」

ミリアは涙を流しながら、彼の名を呼んでいた。

彼の肉棒のいちばん嵩《かさ》高い部分がミリアの狭いところを通り抜けてさらに奥へと進む。

内臓を圧しやられるような苦しさに耐えて、彼を受け入れる間、ミリアは涙が止まらなかった。

痛みではなく、悦びの涙だったと思う。

未熟な小娘から愛を知ったひとりの女へと通過する痛みと喜びだ。

ああ、これは幸せになるために後戻りできない痛みなのだと思った。

「よく耐えたね、ミリア。かわいいよ」

ラインハルトのいつくしむような声が耳朶をくすぐる。

彼の顔をよく見たかったけれど、涙で滲《にじ》んでぼやけてしまう。

二人はぴたりと身体を重ね合わせ、しばらくそのまま抱き合っていた。

「少し休むかい？　それとも……」

ラインハルトが少し後退して、彼女に息を継がせる。

ミリアはずっと忘れていたのを思い出したように深く呼吸した。

強張っていた胎内がふと緩み、肉棒と一緒に粘り気のある滴りがあふれ出す。

処女の血が混じって薄いピンク色にシーツを染めていた。

「ほら、私たちが夫婦になった徴だよ」

「これでもう……終わり？」

「いや、まだ終わってはいないんだ、実は。……ひと晩中だって続けたい」

「ええっ」

まだ晩餐《ばんさん》もまだなのに、と思って目を上げると、ラインハルトの熱っぽい眼差しに捉えられた。

この状態で止めていることが、男にとってどんなに大変なことか、初心なミリアは知らない。

彼が聖者なみに自分を抑制していて、まだ精を放っていないことなど知らなかったのだ。

彼はミリアの唇を静かに噛みながら言った。

「もっと愛していいか？」

「……ええ、ラインハルト」

「できればもう少しリラックスしたほうがきみにとっても楽なんだが」

彼女は素直に頷いて力を抜き、さらに身体を開いた。

「これでいい？　……どうぞわたしを愛して？」

ミリアが懇願するように言った。

すると彼の顔がまた苦悶するように歪んだ——それは、内からの激しい衝動を制御しようとしてそうなるんだと後で聞いたのだが——。

彼はまたミリアに折り重なってきて、熱情的な口づけを何度もした。

それから、彼がミリアの膝裏に手を入れてぐいと開き、さっきよりも随分高く上げさせたので、ミリアは驚いて叫んだ。

「だめ、そんな……っ、恥ずかしいところが見えちゃう！」

ぱくりと開いた蜜襞を隠そうと足掻《あが》いても無駄で、彼女の両手首は夫の右手だけで簡単に捉えられて枕の上に縫いつけられてしまった。

「どうして、こんな愛らしいのに。ピンク色で柔らかくて……私が傷めてしまったから少し充血しているのは申し訳ない。でもきみの純潔の証であり、夫婦が契った絆《きずな》だよ。よく見て覚えておきたい」

「や……ん、ラインハルト……！」

「きみだって私を見ただろう。もう隠し事はなしだ」

そんなにまじまじと彼の裸身を見たわけではないのに。

「もう、ひどい。恥ずかしい」

「ああ、そう怒らないで。わかった、ちゃんと塞ぐ」

彼はそう言うと、再びミリアの蜜洞に剛直を当てがって、溢れた蜜で滑らせるように亀頭で花裂をなぞった。

「ひぅっ」

びくんと彼女の身体が弾《はじ》かれる。

初めて挿入された時ほどの痛みはなく、十分に潤った蜜洞は彼をゆっくりと呑み込んでいった。さっきは気がつかなかったが、改めて耳に入ってくる淫靡な水音にさらに心が高ぶってしまう。

膣洞を侵される圧迫感は同じだが、蜜襞はもう陥落してしまったように柔らかく彼を迎え入れて、簡単に砦《とりで》を開け放っている。

ぐぷりと粘つく音をたてて、彼が最奥まで至った。

「ミリア、奥まで挿入ったよ」

彼はそう言うと、愛おしそうにミリアのこめかみにキスをした。

「は……っ、……ぅ……っく」

ミリアの子宮口が収縮し、肉襞は彼の雄竿を舐めるように絡みつく。

「ラインハルト……、ラインハルト！」

「きみのほうから私を包み込んでくれてる。最高だ」

既に貫通《かんつう》した後だから余裕ができたと思ったのに、いつの間にかミリアの胎内がまたギチギチと圧されて苦しくなっている。

「ん……っでも……また大きくなった……？」

「ごめん、はちきれそうなのを我慢してる」

「そんな、我慢しないで！　はちきれたら大変」

ミリアが焦って言うと、彼はくくっと笑った。

「大丈夫、きみを何度も達《い》かせてから私も達く」

その言葉どおり、彼は肉棒で抉《えぐ》ったり、先端でゆるゆるとあやしたりしてミリアの弱い部分を責めてきた。ミリアが背中を反《そ》らせて気を遣《や》るたびに、ご褒美とばかりに彼が激しく抽挿し、ミリアはさらなる高みに突き上げられてしまう。

彼の腕も胸や肩の筋肉もたくましくて、自分が小さな生き物になってしまったような気がする。

「あ、ア、……あ、あああああ――っ……」

そして何度目だったろうか、ずぶずぶと肉棒が最奥まで挿入ってきて、かすかに内壁を抉った時、ミリアの胎内が激しく震えて彼を捉えた、と思った。

彼女の意志とは関係なく、肉襞がぎゅうぎゅうと収斂《しゅうれん》して、雄竿に巻きついているのだ。

まるで抱きしめるように。

「う……ミリア……っ」

イく、と低く呻いて、ラインハルトが激しく突き上げた。

「あっ、ぁあっ、ラインハルト……わたし……こわれちゃうっ」

また気が遠くなってしまう。

ラインハルトが彼女を抱きしめる手に力がこもった。

彼は力加減を忘れてしまったのかと思うくらいきつく抱きしめられる。

意識が遠のくと思ったその瞬間、彼女の蜜襞に何かほとばしるものを感じた。温かく、激しく胎内に降り注ぎ、満たしていく。

「……ぁ………」

彼女自身の中で、深いところでラインハルトの肉体が戦慄《わなな》き、彼が限界を迎えたのだとおぼろげに感じた。

「ラインハルト……？」

彼はしばらく無言で、荒い呼吸をしていた。

やがて彼女の全身に彼の重みがかかってきて、夫もまた絶頂を味わったのだと悟った。

彼の汗とパルファンの混じった高雅な香りに包まれて、ミリアは幸せに酔いしれた。

「誓うよ……愛してる」

艶めかしく掠《かす》れたその声に、ミリアの意識が遠のいていく。

視界が暗くなる寸前、彼の左腹に黒い影のようなものが見えた。

＊　＊　＊

ラインハルトと結ばれて、甘いまどろみに落ちたミリアは、昔の夢を見ていた。


彼女が幼い頃の話だ――。

かつて自分にも祖母がいた。

テレージアのように貴族らしい威厳はなかったが、大らかであたたかい人柄だった。

縫物に堪能な祖母ジモーネはミリアに大きな影響を与えた。

ジモーネは織物商の娘として生まれ、伯爵家に嫁いできた。

彼女は職人並の縫製技術を持っていたが、実家の商売を連想させるのを嫌って、あまり人前で縫い物をしないようにしていたらしい。

ただ、幼い孫といる時だけは気を許していたのかもしれない。

ミリアは、祖母が日向で編み物をしたり、小物を縫ったりする傍らで端切れをもらっては見様見《みようみ》真似《まね》で縫い物をしていた。

ある初冬の朝、祖母と川べりを歩いていると、橋の中程にひとりの男が立っていた。

職人風のシャツとブリーチズに前掛けをしたその男は、この寒いのに外套《がいとう》も着ずに背を丸め、思いつめた顔をして川面《かわも》を眺めている。

祖母は立ち止まり、橋の手前からその男の行動をしばらく見ていたが、いよいよ彼が橋から身を乗り出した時、祖母は叫んだ。

「お待ちなさい、お若い方!」

ジモーネは歩くのが遅いから言葉だけで阻止を試みたが、その意図を悟ると、ミリアが駆け出してたちまち男のいる場所に至り、その足にすがりついた。

幼い子どもで、力もないが、男を一瞬怯《ひる》ませたのはお手柄だった。

動きの止まった男のもとへようやくジモーネが追いつく。

温暖な地域とはいえ、この冬に川遊びもないだろう。

よほどののっぴきならない事情があるとみえる。

ジモーネは静かな声で言った。

「いけませんよ、自分で命を絶っては。そんなことをしたら地獄に落ちます」

老人と子どもの力でどうにかなるとは思わなかったが、祖母のこの脅しが利いたようで、男は完全に飛び込むタイミングを失った。

四十がらみのその男は無精ひげを生やしてやつれた顔をしている。

「若くなんて……ありませんや」と男がこぼした。

テレージアは慰めるような声で言う。

「私から見たら子どももみたいなものですよ。何を悩んでおられるの？」

「地獄に落ちたってこうするよりほかにないんです」

男の両手はまだ橋の欄干を掴んでいる。

その手はゴツゴツしていて指にアカギレができており、そこに赤や青の染料がしみ込んでいた。

布を染めるような仕事をしている職人だろう。

ジモーネは用心深く彼の様子を窺いながら、話しかけた。

「大きな負債でも背負ったのですか？」

「いいえ……もっと悪いことでさ」

「では、人でも殺《あや》めましたか」

なぜ男が自死をしようとしていたのか、祖母がゆっくりと聞いたところ、男の事情とはこういうことだった。

「国王陛下から、房飾りをつけるようにとタペストリーをお預かりする光栄に預かったんですが、誰の過失かわかりませんが、目立つ場所が一箇所裂けてしまっていたのです。国王陛下のお宝を傷つけたこの罪は、わが命で贖《あがな》うしかありません」

「目立つ場所って、どのような？」

祖母の問いに、男は自分の首を掻《か》き切るような仕草をして説明した。

「陛下の戴冠の図案ですが、その首のところを鋭利なものでスパッと切られていたのです」

まあ、とジモーネが小さく叫んだ。

「……最初から裂けていたのではないのですか？」

「いいえ、そんなことはありませんでした。うちの徒弟にそんな人間はいないのはわかってますから、外から忍び込んできた反逆派でしょう。……しかし、誰がやったかは問題ではないのです。全ての責任は、杜撰《ずさん》な管理をしたこの私にあります。このまま生きていても処刑されるでしょうから、どうか放っておいてください、ご老人」

すると祖母が、「そのタペストリーを見せてごらんなさい」と言った。

男は素人を侮るような目つきで祖母を見た。

「はあ？　ご老人が見たところでなんにもなりゃあしませんよ」

「いいから見せなさい」

祖母が頑として譲らなかったので、職人はあきらめ顔で歩き出した。

ジモーネからしたら、とにかく冷たい川からこの男を遠ざけたかったのかもしれない。

ミリアは祖母の袖を掴んで、黙って一緒にその男についていった。

子どもでも、この職人の切羽詰まった心情が伝わってきて何かしら怖かった。

「どうにもなりゃしないってのに、冷やかしはごめんですぜ」

不満を言いつつ歩く男に導かれて、とうとう煉瓦造《れんがづく》りの工房に着いた。

そこでは絹の組紐《くみひも》を作って生計を立てているらしく、天井に渡された棒にはさまざまな色糸や紐の束がぶらさがり、床には糸を染めるための甕《かめ》がいくつか並んでいる。

工房には何人かの徒弟が働いているようだ。

木製の作業台には色糸の玉が盛られた籠やハサミ、糸玉にはなっていないがゆるく束ねてねじられた糸などが雑然と置かれていた。

正面の壁には、幅二メートル、高さ一メートル半ほどのタペストリーが掛かっており、その前で何人かの若い徒弟たちと中年の女がひとり、うなだれたように立ち尽くしていた。

そのタペストリーには、織りなす糸で荘厳な光景が描かれていた。

たくさんの馬車が連なり、護衛の兵士が見守る中、時の国王が跪いている。

大天使がその頭上に王冠を載せようとしている光景が、まるで絵画のように鮮やかに、さまざまな色糸で織られているのだ。

祖母はその徒弟たちをかきわけるようにしてタペストリーの前に立ち、それから損傷した箇所を探した。

「あんた……！　いったいどこに行ってたの？　このお方は誰だい」

中年の女が振り向いて叫んだところを見ると、職人の妻だろう。

ジモーネが答えた。

「私はエタンセルの者ですよ。もう隠居して孫と散歩をしていたら、ここの親方とすれ違いましてね。破れたというのはこのタペストリーですか？」

「エタンセルの……伯爵夫人！　これはとんだ失礼を致しました」

女房のほうがいち早くジモーネの正体に気づき、それに倣《なら》って他の徒弟たちも姿勢を正した。

「ここです。いったいどうしてこんなことになったかわかりません」

職人が指でその部分を示す。

彼が絶望するのも無理はない。

彼の言ったとおり、王の首のところが鋭利な刃物で切り裂かれたようになっている。これでは、過失だけではすまされず、誹謗《ひぼう》や不敬罪、悪くすれば反逆罪も問われるだろう。

タペストリーは壁の高いところに掛けられていたので、損傷個所は祖母が背伸びをしてようやく届くくらいの高さだった。

「低い位置まで下ろしてくださる？」と祖母が言った。

ミリアといえば、幼いながらも、タペストリーそのものの美しさに圧倒されていた。

祖母は、切れている箇所を丹念に調べて言った。

「……直りますよ、これ」

すると、職人が反駁した。

「縫うんですかい？　とんでもありませんや。いい加減なことをしてバレたらもっと罪が重くなる」

「どうせ川に飛び込んで死ぬつもりだったなら、私に任せてごらんなさい」

ジモーネがそう言うと、職人の女房が慄《おのの》いて言った。

「あんた……！　そんなこと、考えて……！」

男は俯《うつむ》いた。ジモーネはぴしゃりと言った。

「でもね、職人の親方というのは、家族だけでなくその徒弟の人生も背負っているんですよ。ひとりで死んでもなんにもなりません」

老人とは思えない威厳ある物言いに、男はひと言も返せなかった。

「直しましょう。それでうまくいかなければ、私が責任を取ります。私が王の戴冠図があまりにすばらしくて眺めているうちによろけて損なってしまったのだと説明しますよ。思い切って、私に任せてごらんなさい」

「伯爵夫人、お願いします！　お助けくださいまし」

女房のほうが理解が早かった。彼女はひれ伏してジモーネにすがった。

「どうかお力をお貸しくださいまし」

「おばあちゃま……」

全てが異様な雰囲気に包まれていたので、ふだん活発なミリアもほとんど喋《しゃべ》らない。

不安そうに呼びかけるのがせいいっぱいだった。

「じゃあ、縫い針と糸を少し用意しておいて。私は繕うための織り糸を抜き取ります」

ジモーネはそう言うと、すぐに取りかかった。

まず、タペストリーの裏側に折り返された縁から、糸の端を握り鋏で切り、針の先で糸を引っかけて慎重に織り糸を一本抜いた。

それから、王の衣服の色に合わせた織り糸を探し、また裏側から一本引き抜く。

こうして縦の糸と横の糸を何十本も用意して、タペストリーにあてがい、色調を確認する。

驚嘆すべきは、その後だ。

ジモーネは針に通した別の糸を針穴代わりにし、タペストリーの端から抜き取った繊維を巧みに絵柄の中にはめ込んでいく。

これは織物の構造を知り尽くした、織物商の娘だからこそできたのだろう。

タペストリーは衣服の布に比べると織りが粗いから、かがるのではなく糸を織り込むようにすればほとんど修正の跡はわからないのだ、と後で祖母から聞かされた。

みなが見守る中、ジモーネは不敬な損傷個所——つまり、何者かにより切り裂かれた国王の首の辺りを丁寧に繕っていく。

最初は経糸《たていと》だけがむき出しの、不揃《ふぞろ》いな櫛のようなありさまで、元通りになるなどとても見込めない状態に思えた。

次に横糸を丁寧に織り込んでいく、気の長い作業だ。

「ミリア、おまえのよく見える目で、この色が合っているか見てちょうだい」

祖母が時々そう言うと、職人がミリアを抱き上げて修復箇所の高さまで持ち上げた。

ミリアは真剣に織り糸を見つめて報告する。

「おばあちゃま、だいじょうぶ、おなじ色よ」

こうして作業は二時間ほど続いたが、ミリアは一度も退屈など感じなかった。祖母の手が魔法のようにタペストリーを修復していくのを食い入るように見つめるうちに、時間の経過など忘れていた。

職人たちも皆、固唾《かたず》を呑んで凝視し、次第にその顔に驚嘆と歓喜の色を浮かべていく。さっき川に飛び込もうとしていた男の顔に、一縷《いちる》の希望が見えてきて、やがて絶望の淵《ふち》から這《は》い上がってくるのがわかる。

繕い終わり、タペストリーを裏返してはみ出した糸の始末をすると、祖母は言った。

「手を尽くしたけれど、どうですか？　何か気になるところはありますか？」

ジモーネの顔にはさすがに疲労の色が濃く現れていたが、職人たちは安堵と感嘆の溜息をつき、ある者は拍手をした。

「全くわかりません。神技だ！」

「王の首だけでなく、私たちの首もつながりました」

「ありがとうございます！　ありがとうございます」

親方夫妻は鶏のように何度も頭を下げ、涙して喜んだ。

女房は感謝と祝いのシャンパンを振舞ったが、ジモーネは辞退して帰路に就いた。

長すぎる散歩に、家人たちが心配しているだろうから。

ジモーネはその後、数日間寝込むほど力を使い果たしたが、心は満足していただろう。

ミリアは、不敬の切断から何事もなかったようにタペストリーを修復させただけでなく、ひとりの職人とその家族や徒弟の運命を、地獄から天国へと掬《すく》い上《あ》げた祖母を心から尊敬した。

そして、その日以来、生涯「繕う」ことに取《と》り憑《つ》かれたのだった。

＊　＊　＊

「ミリア……大丈夫か？」

目を開けると切れ長の黒い眼差しが見つめていた。

ミリアの頭はぼんやりしていて、何がどうなっているのかわからなかった。

亡き祖母の夢を久しぶりに見ていた。

無邪気で物を知らなかったあの頃の夢――。

なのに、目覚めたら見慣れない美丈夫が覗《のぞ》き込《こ》んでいる。

その人は素肌にガウンをはおって、ベッドに腰かけ、ミリアの髪を撫でていた。

彼は枕に広がった彼女の髪を一束梳《す》くい上げてキスをする。

「素敵だったよ。かわいいミリア……」

彼は新妻の頬にキスをし、じっと瞳を見つめては愛おしそうに微笑んでいる。

そのはだけたガウンから厚い胸板が見えた。

彼の少し汗ばんだ肌から、息苦しいほどの色香が漂ってくる。

「……あっ」

ミリアは一気に覚醒し、彼の素肌を見まいと両手で目を塞ぐ。

目を閉じて、この状況はなんだと思いを巡らし、彼女は全身から火を噴きそうになった。

――わたし、この人と……！

夢で見た幼い自分が、なんと遠い昔のことかと思う。

うっとりするほど甘い低声が耳元で囁《ささや》く。

「朝まで寝かせてやりたかったが、飲まず食わずじゃあな。起きられるか？　……無理か。じゃあ夕食はここで食べよう」

「あ、……でも、お祖母様と叔母様が晩餐をご一緒なさるのではないのですか？」

「食事は別にすると言ってある。祖母上も納得しているから気にしないでいい」

「気にしないでと言っても無理です。すぐに晩餐のドレスを――」

そう言ってミリアは起き上がろうとしたが、無理だった。

初夜の営みは思いのほか身体に衝撃を与えていて、動こうとすると身体から力が抜けてしまい、とても起き上がれる状態ではなかったのだ。

「ほらごらん。初めてのことで、身体が辛いんだろう？　歩けるのかすら危ういはずだ」

こんなふうになるのなら、なぜ夜まで待ってくれなかったのか、と恨めしく思ってしまった。

「ようやく新婚らしく過ごせるんだから、誰にも邪魔なんかさせないさ」

ラインハルトはもうこのまま朝まで過ごすと言いだした。

男にとって、全てを捧げてくれた女というものはたまらなく愛しいらしい。

ミリアの困惑をものともせず、彼女をハグしたりキスしたり、まともに話を聞こうとしない。

ただでさえ気難しいあの祖母が晩餐を欠席するような無礼を許してくれるとも思えないのに。

「待って……、でも、お祖母様は今までいろいろな縁談に反対なさったんでしょう？　わたしのこともお気に召さないから結婚式に来られなかったのでしょ？　こんなところで怠けて晩餐をすっぽかしたら、ますますダメな嫁になっちゃいます」

それまでミリアの話を適当に聞き流して、ひたすら彼女の髪をいじったり頬に口づけしたりと忙しく愛《め》でていたラインハルトが、ふと動きを止めて言った。

「は？　何の話だ？」

「モニカさんに廊下で会って……あなたにいろいろとご縁談があったと聞きました」

するとラインハルトは憮然《ぶぜん》として、明らかに不機嫌な口調で言った。

「なぜあの女とそんな話を？　使用人室で控えているべき女が、なぜきみの周りをうろつくんだ」

「お祖母様たちがお出かけで、あの人だけ残っていたんでしょう。執務室からここへ来る途中ですれ違ったのだけれど……使用人室？」

モニカがあまりに堂々としていたから、てっきり親戚筋の令嬢だと思っていた。

だから、ラインハルトがあの場でモニカを紹介しなかったのは不思議だった。

「当然だ。遠縁でもないし、知り合いの貴族令嬢というわけでもないんだ。今度きみに話しかけるような、そんな無礼を働いたら厳しく叱って地下の使用人室へ追い返せばいい。図々しい女め——！」

彼のあまりの剣幕《けんまく》に、よけいにモニカという女性がただの使用人とは思えなくなってきた。

ミリアが凍り付いた目で見ていることに気づくと、ラインハルトは失態を恥じるように首を垂れた。

「そんな目で見ないでくれ。私は十代の頃は兵学校で身体を鍛えるのに忙しく、それが終わって参殿するようになると、確かに宮廷の女性の間から幾度かそういう話が遠回しにもたらされた。そのたびに、なぜかミリアの輝くような瞳を思い出して、周囲の女性では物足りなく思っていたんだ。だが、そうした結局、きみのように魅力的な眼差しをもつ女性に会うまでは結婚しないと決めて、縁談を遠ざけていたのは事実だ。私の意志でね……祖母上はそこまで干渉しない」

「そうだったの……」

モニカの話と少し違う。幼い頃から見守ってきた大切なお坊ちゃまの嫁に対して、小姑《こじゅうとめ》根性で意地悪いことを言いたかっただけかもしれない。

「私は自分でもおかしいくらいに、きみに囚われて生きてきたんだよ。私を魅了していたあの眼差しの正体は、繕い物にかける情熱だったわけだが……」

「……ごめんなさい！」

ふう、とひとつため息を吐いて、ラインハルトはミリアにまたキスをした。

「いつになったら私の新妻は、この気持ちを理解してくれるのだろうな」

そう言っている間に、テーブルに食事が運ばれてきた。

「きみはベッドにいなさい。私が運んであげよう」

そう言って、彼がガウン姿でテーブルまで歩き、料理の盛りつけられた皿を運んできた。

こってりとした肉料理はとても入りそうにない。

「食欲がない？　じゃあ蜂蜜粥《はちみつがゆ》はどうだ？」

彼はスプーンで消化のよさそうな料理を掬《すく》って、ミリアの口に差し入れる。

「そら、甘いワインもいいかもしれないな」

彼はグラスに入った赤いワインをミリアの唇へと運び、静かに傾ける。

こぼれないように、こくりと飲み込むと、彼が満足そうに微笑む。

まるで従僕のように尽くしてくれるのを、ミリアは戸惑いながら受け入れていた。

「ポークと野菜のゼリー寄せはいけそうか？　口当たりがいいと思う」

「いえ、もう十分です！　わたしはあと果物を少しいただきます。それより、あなたこそ食事をしてください。さっきからわたしばかり――」

「わかった」

ラインハルトはそう言うと、何を思ったか葡萄《ぶどう》の房を口に咥《くわ》えて、ミリアの顔に覆いかぶさった。

「え……っ」

ミリアは口移しに果実を与えられて、雛鳥《ひなどり》のようにそれを受け入れる。

「ん……んん……っ」

「よし、いい子だ」

彼は残った房を放り出し、今度は彼女の唇に口づける。

「葡萄の味がする……いや、これはミリアの味か」

そしてミリアの口中を舌でまさぐり、果実の名残《なごり》を絡めとってしまおうとでもいうように執拗《しつよう》に彼女の舌を吸い、口蓋を舐めた。

「ふ……ぁ」

食事をしているはずだったのに、熱い口づけを受けて喘いでいる。

その上、ミリアはまだ一糸まとわぬ姿のままだったのをいいことに、彼の手がその乳房へと下りてきて、揉みしだいてきたのだ。

破瓜《はか》を見たばかりの疲労した身体だというのに、口づけと胸の愛撫で下腹部がキュンと痛くなる。

「ん……ん、ま……って」

「何、ミリア」

「あのっ……食事をしてください、って言いましたよね？」

ミリアは静かにラインハルトの胸を押し戻す。

彼女の髪は乱れて、薄桃色の乳房にも肩にも垂れてくるくるとうねっていた。

華奢《きゃしゃ》な肩を縮こまらせ、顔にかかった乱れ髪の隙間から、上目遣いに彼を見る。

ラインハルトは怪訝《けげん》な顔をして問い返した。

「食べてるが、何か？」

「食事しながらこんな、あまりにもお行儀が――」

「ああ」

と、彼はようやく聞き入れてくれたと思ったが、盛大な勘違いだった。

「どちらかだけというなら、私は食事よりミリアを食べる」

「ええ」

それから、彼女を抱いていた腕に力を込めて、細い腰をさらに引き寄せてきた。

丸い乳房が彼の胸板に押しつけられ、恥骨の辺りに硬いものが当たる。

「……え……と」

それが何か、ミリアにもわかって頬を赤らめていると、彼は低く笑った。

「動乱を収めにいっている間は耐えきったのに、今はこらえ性がない」

そして、ラインハルトは膝でゆっくりとミリアの足をこじ開けて、屹立《きつりつ》したものをそのあわいに押しつけてきた。

「……っ、また、こんなに？」

「きみを想うだけでこうなる」

彼は硬く熱っぽくそそり立つ肉棒を見下ろし、ミリアに見えるように少し身体を離した。

ミリアは恥ずかしさに目を逸らそうとしたが、ふと彼の左の腹に浮き出た紋章のような痣に目が釘付けになった。

黒い刻印を押したような、何か動物の形にも見える不思議な痣だ。

蠟燭《ろうそく》の灯《あか》りがちらつくために、そのシルエットが生き物のように蠢《うごめ》いて見えた。

「ミリア……どうした？」

突然黙り込んだ新妻の変化に気づいたらしく、彼が真顔になった。

「あの……それ……」

ミリアがそっと彼の腹に触れると、ラインハルトははっとしたように身じろいだ。

「これが気になるのか？」

「え、……いえ……怪我の痕？」

「いや。痛みがあるわけじゃない」

「そう。……ならよかった。ノイバウアー村で火傷でもしたのかと」

肉体の瑕疵《かし》のようなものに言及してラインハルトの劣情に水を差すようなことを言ってしまったと思ったが、それは取り越し苦労だった。

「遺伝的なものだから気にしなくていい。……誓って言うが、この徴の存在を知るのは身内以外はきみだけだ。きみは愛する妻だからな」

そんなことを言われて、ミリアの子宮がまたキュンと疼く。

「ああ、愛しいきみを何度でも抱きたい」

「あっ」

彼の大きな手で尻をぐいと抱え込まれて、思わず声が出てしまう。

ミリアの足の付け根の間に潜り込んできたそれは、熱く怒張していた。

まだ蜜洞には入らず、敏感な花蕾から尻の丸みへと剛直を渡らせたまま、ミリアの柔らかさを味わっているみたいだ。

肉棒を股に挟んだ格好のまま身動きできないほど強く抱きしめられている中、それがむくむくと膨張して熱を帯びていくのを肌で感じる。

「あ、また……どこまで大きくなっちゃうの……？」

「いやか？」

「いいえ……ただ、わたしは何もわからないから……驚いただけ」

「それでいい。私しか知らないでいい」

そう言うと、ラインハルトは満足そうにミリアにまたキスをした。

初心な恋人どうしのような、控えめなキスを何度か繰り返していたが、次第に力強い口づけになる。

「ん……んん……んぁ」

やがて蠟燭の灯りが消えて、暗闇に包まれる中、二人は身体を重ねていた。

彼のキスは魔法みたいで、ミリアは身体のどこを触れられても甘く淫らな快感に貫かれるほど感じやすくなってしまう。

本当に食べられてしまうのかと思うほど、彼は貪欲にミリアの肌を求めてきた。

口づけし、甘噛みし、舐めたかと思えば赤子のように吸い、予想のつかない刺激を次々に与えられて、ミリアはずっと喘いで、時折悲鳴を上げた。

初めて彼が胎内に放った体液と、そしてミリアの喜びから溢れる雫《しずく》が混じってとろとろになっていたその場所に、彼が再び挿入ってくる。

「……あっ」

鈍い痛みに押し上げられて、ミリアは喘ぐ。

ぐぶ、ぐぶ、と蜜に塗れた肉襞を抉って彼が突き進んできて、ミリアは仔猫《こねこ》のように鳴いてしまう。

「少し慣れてきたね。かわいいミリア」

波のように行きつ戻りつしながら、彼はもっと奥へと潜り込ませる。

「もう痛くないか?」

「え……ええ……」

「よかった。まだきみをかわいがりたい」

既に深いところで繋《つな》がっているのに、まだとはどういう意味だろうか。

それに答えるように、彼は再び動き出した。

「あ、あ……あっ……」

最奥を突いてもまだその先を目指すように、彼はミリアの膝を抱え上げて、腰を押し込む。

体勢を変えられたことで彼がさらに奥まで進めるようになったのだ。

「あ……う……っ」

破瓜の痛みは遠のいたが、圧迫感が強くて、喘ぐ声も切れ切れになってしまう。

「ん、ぅ……、あぁ、っ……アッ、あっ」

「かわいいミリア。もう止められない」

ずっと身体が揺さぶられて、自分がどこにいるかもわからなくなってきた。

粘りけのある水音と吐息が重なって、音楽のように響く。

「柔らかくて、気持ちいいよ、ミリア」

甘い低声が彼が耳もとで囁く。

同時に、彼の剛直でぐり、と内壁を抉られた瞬間、ミリアの身体が激しく震えて戦慄《わなな》いた。

「……あ――――っ」

彼を咥えこんだまま、背をのけ反らせてびくびくとのたうつ。

胎内が痙攣《けいれん》して、肉棒をきつく締めつけているのがわかる。

「う……ミリア……っ」

彼女の中で、ラインハルトがドクンと脈打ち、劣情が弾ける。

頭の中がぐるぐると回って、ミリアはとうとう意識を失った。

こうしてミリアは目くるめく夜を過ごした。
結婚した直後は、退屈な生活だと思ってうんざりしていたのに。
――全然、違う……！
熱い剛直に何度も貫かれ、とろけるような快感に震え続けていた。

第四章

その翌日――。

「お嬢様……いいえ、若奥様。旦那様が今朝はそっとしておいてやれとおっしゃってましたが、ということは……おめでとうございます！　ヘラは嬉しゅうございますよ」

若い夫婦が無事初夜をすませたことを悟ったヘラは涙ぐんで喜んでいた。

「あんなに子どもっぽかったお嬢様が……ヘラは安心いたしました。今日からはあたしも若奥様と呼ばせていただきますよ」

「そんなに騒がないで。恥ずかしい。わたしは何も変わらないわ」

疲弊した身体をベッドに横たえたまま、ミリアは気怠《けだる》い声で言う。

ラインハルトは既に起きて執務室に行ったというのに。

「朝食はこちらで軽く摂られてから、起きられそうなら執務室に来てほしいと旦那様がおっしゃっていました。その前に湯浴みなどなさいますか？　軽い湯浴みでよろしければこちらにご用意します」

ミリアはそれを聞いて、ゆっくりと起き上がった。

「湯浴みはしたいけど……たくさん湯を運ばせなくちゃいけないでしょう。あなたはここの使用人たちとうまくいってるの？　慣れないで困ることはない？」

ミリアがそう尋ねると、ヘラは破顔して言う。

「とんでもありません！　お嬢……若奥様のおかげであたしはすっかり頼りがいがあるように思われているのです。それというのも裁縫部屋でのことが使用人中に伝え広がったんでございます」

「裁縫部屋でのこと？」

「若奥様が旦那様のマントを繕いなさったのを見ていた者が、あんなすばらしい技術を見たことがなかったそうで、……あたしはその場を見ていないから何事かと思いましたが、まあだいたい想像がつきますよ。それで、エタンセル家の使用人はなんでもうまくこなせるのかと何かと訊かれるのでございます。それに、若奥様は思ったより気さくな方だって、皆喜んでいました」

ヘラがこの館になじんでいたのはミリアも嬉しかった。

「その上、若奥様がどんなに旦那様を敬愛していらっしゃるかということを目の当たりにした、と口々に言ってます」

それは少々誤解があるが、そのままにしておく。

「それから、洗濯係の若い子……なんといった名前だったか忘れましたが」

「いちばん幼い子？　ギルベルタかしら」

「ああ、そうです。そんな名前でしたが、言伝《ことづて》がありました。旦那様の胴着ですが、鎖帷子《くさりかたびら》が当たってほんの少し擦り切れていたと――」

「本当？　早く言ってよ、それを！」

ミリアは顔をしかめながらも、力を振り絞ってベッドから飛び下りた。

好きな事のためなら、疲労も忘れてしまう。

その様子を見て何を思ったか、ヘラがやや厳しい声で言った。

「お嬢……若奥様、今日はあえて申し上げましたが、今後はそういった伝言はお断りします。これからは旦那様のお世話こそいちばん優先なさるべきでございます。そして洗濯係には洗濯係の持前というものがございます。その仕事を横取りするような行いはいかがかと思いますよ」

ヘラの機嫌を損ねてしまった。

これからは自力で裁縫部屋を覗《のぞ》きに行くしかない。

「わかったわ。……じゃあ湯浴みをして着替えたら、執務室に行きます」

「かしこまりました、若奥様」

ヘラがわざとらしいほど丁寧な口調で、そう言った。

＊　＊　＊

もちろん、繕い物をあきらめるミリアではなかった。

裁縫部屋に立ち寄って胴着を受け取り、それを持って執務室へ行けばいいのだ。

そんなふうにヘラへの言い訳もちゃんと用意して目的の部屋に行ったが、言伝をしたメイドはそこにはいなかった。

「ギルベルタなら洗濯場に行きましたよ。若奥様にお頼みするのは、洗ってからのほうがむしろいいと言ってましたから」

「そう……ありがとう。なら、また取りにくるわ」

その日の楽しみはお預けとなってしまい、やや勢いを失って執務室へ戻ろうとして地上階に出た時、なにやら揉めている声がする。

――何かしら……？

「それを寄越《よこ》しなさい！」

「やめてください、これは旦那様のお衣装です」

「さっさと渡すのよ、このガキ！」

なんて乱暴な言葉遣いだろう。

裁縫部屋で油断して気を抜いたメイドたちですら、こんなひどい物言いはしなかった。

「何をしてるの？」

ミリアが井戸室に飛び込むと、丸い井戸のところで二人の女が揉《も》み合《あ》っていた。

ひとりはギルベルタだったが、もうひとりは後ろ姿なのでわからない。黒いドレスを着ていて、褐色の髪を下ろしていた。

「若奥様、助けてください、この人が旦那様の胴着を――っ」

ギルベルタが救いを求めて叫んだ時、相手の女が彼女の首をいきなり掴んで井戸に押しつけた。

「このろくでなし！」

黒いドレスの女はそう怒鳴ると、メイドを突き飛ばした。

「ギャアアアッ」

恐ろしい叫び声が上がり、滑車のからから回る音と桶《おけ》が井戸にぶつかる音がした。

「ギルベルタ！」

ミリアが悲鳴のような声で叫んだ。

小柄な少女は絶叫と水音を残して井戸の中に消えていった。

ミリアが駆け寄ると、黒いドレスの女が彼女を突き飛ばすようにして井戸室から出ていった。

犯人の顔はよく見えなかったが、今はそれどころではない。

「ギルベルタ、ギルベルタ！　大丈夫なのっ？」

井戸の底に向けてミリアが呼ぶと、水でむせたような声が聞こえた。

「た……た……たすけ……っ……ごふっ」

井戸の上端から水面まで六メートルほどあるようだった。

ギルベルタはとっさに水桶《みずおけ》を掴んだが、運悪く、彼女の重みと勢いに耐えられず、縄が切れてしまったようだ。

彼女は桶と一緒に転落してしまったので、引き上げるものがない。

「誰か、誰か来てちょうだい！　ギルベルタが井戸に落ちたわ！」

ミリアは外に向けて叫んで人を呼び、それから井戸端に戻る。

小姓らしい少年が井戸室を覗き、助《すけ》っ人《と》を呼んできますと言って走っていった。

「ギルベルタ、落ち着くのよ！　今助けてあげるから、木桶に掴まってなんとか浮いていて！」

「わか……おくさまあ……」

声が弱々しい。

ミリアは辺りを見回して、縄の代わりになるものを探した。

丸い大きな井戸の他には、長方形の浅いプールが三つ並んでいて、そこで洗濯をするようになっていた。その一つの叩き台に籠が転がっていて、洗っている途中の衣類がこぼれ出ていた。

「シーツなら……届くかも！」

ミリアはポケットに手を入れる。

いつも持ち歩いている裁縫セットから小さな鋏を出し、シーツの端を何か所か切った。

そこから一気に布を裂き、端と端を結んだ。

三枚繋いだら届くと計算して、急いで井戸にそれを投げ落とす。

「ギルベルタ！　これに掴まるのよ！」

「わかおく……さま……うぐっ」

「頑張って、ギルベルタ！」

ミリアは手元のほうのシーツの端をしっかりと手首に巻きつけて外れないようにした。

それからギルベルタに届いたかどうか、井戸を覗き込む。

「掴んだ？　ギルベルタ、シーツを握るのよ」

しかし、ギルベルタの声は聞こえなくなって、とぷん、という水音がするだけだ。

「届いてない……！」

ミリアは手首に巻いた分もほどいて、さらに下へと布を下ろした。

「ギルベルタ……手を伸ばして、これを掴んで！」

だが、丸い井戸穴の中でミリアの声と水音だけが反響している。

彼女は力尽きて沈んでしまったのかもしれない。

「ギルベルタ、お願いよ……！」

ミリアが身を乗り出して叫んだ時、足音が近づいてきた。

「ミリア、何をしてるんだ！　危ない」

ラインハルトだった。

彼はミリアの身体を羽交い絞めにして井戸から引き離した。

「メイドが落ちたの！　シーツを掴んでくれないの……」

すると、ラインハルトはミリアを抱きかかえたまま言った。

「アクア・スカトゥリーゴ、アクア・ヴォリュー！」

その瞬間、井戸の中が青く光り、光と水の粒が弾けて湧きあがった。

「……っ」

ミリアは息を呑む。

夫の周辺も輝き、黒い髪が揺れている。

形よい唇で異国のような言葉を言う時、完璧に配置された目鼻立ちが微かに歪む。

それほど強い力を放っているのだろう。

黒い虹彩は、いつにも増して闇が深く、彼が生み出す光と対《つい》をなしていた。

その姿は神がかっていて、恐ろしいほど美しかった。

彼を包む光と、井戸から溢れる光が繋がっている。

井戸の変化をもたらしたのはラインハルトなのだとわかる。

魔術のような、天変地異のような、説明のできない光景――。

ミリアの目の前で、さらに不思議なことが起こる。

井戸の底から水がうねって緩やかに上昇し、井戸室全体がカッと明るくなったのだ。

そして噴き上げた水と共に、溺れていたギルベルタの身体が浮き上がってきた。

仰向《あおむ》けのまま、意識はないようで首も手足もだらりと垂れていた。

お仕着せの紺色のドレスからも、ほどけた髪からも水が滴り落ちている。

その手首にはミリアの投げおろした白いシーツの裂いたものが巻き付いており、もうひとつの布端は生き物のように蠢いて宙を漂っていた。

ラインハルトが右手をさっと翳《かざ》すと、それがこちらに向かって伸びてくる。

シーツの先端はラインハルトの手にぴたりと収まり、彼はそれを握って引き寄せると言った。

「オリバー、受け取めろ」

ラインハルトがそう命じると、控えていた側近が「は」と短く答えて腕を広げた。

水しぶきを受けながら、巨体のオリバーがギルベルタを両手で抱きとめ、そっと地面に彼女の足を揃えて下ろし、彼女の顔を横向きにした。

井戸室に満ちていた青白い光は消失し、水滴も消え、救出された少女とそれを介抱するオリバーだけが濡れている。

ぐったりしていたギルベルタは、ぴくりと痙攣したかと思うと、突然咳《せ》き込《こ》んだ。

このタイミングで、ようやくさっきの小姓が使用人たちを連れて駆けつけた。

いつも見慣れた裁縫部屋のメイドの他に、庭師や兵器庫の番人もいた。

「誰？　どうしたの？」

「ギルベルタだわ」

「井戸に落ちたの？」

公爵夫妻とオリバーがいるからか、彼女たちは遠巻きに見ている。

「水を吐いたので、もう大丈夫でしょう」

オリバーがそう言ってギルベルタの体勢を仰向けに戻した。

「わ……若奥……さま」

彼女が、弱々しいながらも口が利けることに安心した。

ミリアはギルベルタの手を握った。

「よく頑張ったわね。えらかったわ」

ミリアは自分の肩からフィシューを外し、それでギルベルタの濡れた顔や髪を拭ってやった。

「若奥様……助けてくだすって……」

これ以上喋らなくていい、と彼女の手をしっかり握って、ミリアは首を振る。

「早く温めて。みんな、部屋を暖かくして、ギルベルタをタオルで拭いてあげて」

ミリアに言われるまでもなく、オリバーは幼いメイドを使用人部屋のほうへ連れていき、見守っていた使用人たちもその後についていった。

ミリアは腰が抜けてへなへなと座り込んでしまった。

「いったい何があったんだ?」

ラインハルトに訊かれて、ミリアはどうにか息を継いだ。

何が起こったのか、それはこちらが訊きたいくらいだ。

それでもどうにか、ミリアは状況を説明した。

「ここの近くを通りかかった時に騒ぐ声が聞こえたから来てみたら、黒いドレスを着た人がギルベルタと喧嘩《けんか》をしていたみたいで、そのうちに興奮して彼女を井戸に突き落としたのよ」

一歩間違えれば——と思うと、ミリアは震えた。

彼女が通らなかったら、あと十分でも気づくのが遅れたら……。

「黒いドレスの?　女?　誰だ」

ミリアははっきりと見ることはできなかったが、背格好からモニカではないかと思った。

だが、確実ではないのに迂闊《うかつ》なことは言えない。

「わからないわ。顔ははっきりと見ていないのよ」

「メイドに聞けばわかるだろう」

そうね、と言ってミリアはあらためて安堵してラインハルトの胸に寄りかかる。

「あの子を助けてくれて、ありがとう」

「なぜきみが礼を言うんだ？　うちの使用人なのだから、当然だ」

身体の震えが止まるまで彼に抱きしめてもらっていたが、彼の鼓動も速いような気がする。

城内ではおそらく軽んじられがちな、まだ幼くてあまり役に立たないメイドだが、ミリアは嫁いで初めて懐《なつ》いてきた無邪気なギルベルタがかわいかった。

その彼女を救って手厚く保護してくれたことが嬉しいのだ。

そして、うちの使用人なのだから当然だ、と言う。

——あたたかい人……そして、不思議な人。

「でも……どうやって助けたの？　あなたは魔法が使えるの？」

すると、ラインハルトは頷いた。

「水なら自由に操れるんだ。井戸も、城内の池も泉も全て私が制御している。いや、所領内の治水に関してはほぼ全て私が把握している。農業に使う池が涸れたと報告があれば、すぐに対処する」

「知らなかった……そんな技、初めて見たわ」

「必要以上に人に見せるものではないからな――それにしても、きみは何をやってるんだ！」

ラインハルトの声に怒りの色が滲んでいることに気づいて、ミリアは悄然《しょうぜん》となった。

そうだ、何もできなかった。

ラインハルトが来てくれなかったら、ギルベルタは助からなかっただろう。

「ごめんなさい……無力で……」

涙に潤んだ目でラインハルトを見上げると、彼は狼狽《うろた》えたような表情をしていた。

「違う、責めているんじゃなくて……いや、無謀な行為に怒っているんだ。あんなに身を乗り出して、きみまで落ちたらどうするんだ！　命知らずにもほどがある」

「ラインハルト……」

彼は、壊れものを扱うように両手でミリアの頬を包み、苦しそうな顔でキスをした。

「さっきは寿命が縮んだかと思った」

「そんな……大げさよ」

ミリアの動悸《どうき》はようやくおさまり、笑顔を取り戻したが、ラインハルトのほうはそうではなかった。

彼は再びミリアを抱きしめ、彼女の髪を愛おしそうに撫でながら言った。

「……こんなに大事なものができると、人間は弱くなってしまうんだな。初めて知った」

彼は何を言っているのだろうと思った。

だが、彼の鼓動の速さを感じて、ようやくミリアにも理解できた。

彼は、ミリアが井戸に落ちるかと思って動揺したのだ。

あんな超人的な力を持ちながら、ミリアを失うかと恐れ、狼狽し、自分は弱くなったと言うのだ。

おかしな人だと思う。

でも、ミリア自身も弱くなったのかもしれない。

モニカという女性の揺さぶりひとつで胸が苦しくなったりした。

それは彼の理屈で言うなら、ミリアにとって彼が「大事なもの」になったからなのだ。

何よりも、祖母の修繕の手腕を見た時のような、いやそれ以上の衝撃に、今も心が揺さぶられている。

――そうか、この人を大好きになったんだ、わたし……。

ミリアの心に、また新しい自覚と感情が生まれた瞬間であった。


落ち着いたギルベルタに問いただすと、彼女を井戸に突き落としたのはモニカだと言った。

「テレージア様のお付きのあの方が、井戸室までついて来て、あたしの洗濯篭から洗い物をひとつ取り上げたんです。あたしは、これは旦那様の胴着で、貴女様《あなたさま》のものではございませんと言いました。するとあの方は恐ろしい声で怒鳴り散らし、あたしの首を掴んだのです。そして井戸へ――」

今も思い出すと恐ろしくなるようで、ギルベルタはしゃくり上げていた。

実際、その時に洗おうとしていたはずのラインハルトの綿入れの胴着はどこにも見つからなかった。

ところが、糾弾されたモニカはしおらしい態度ですすり泣き、こう言ったのだ。

「その経験の浅い使用人を信じて、奥様に何年もお仕えした私をお疑いになるのですか。でしたら、私の荷物を全て調べてくだされればいいではありませんか。ラインハルト坊ちゃまの胴着でもなんでもお探しになってください」

井戸室でモニカだろうと見当をつけていたミリアでさえ、その声色を聞けば全くの別人のように思えてくるほどだ。

ラインハルトは容赦なく荷物を調べさせたが、結局証拠は何も出なかったので、フランチェスカがギルベルタを別室に連れていって美しいリボンを一本彼女に与え、「私の顔に免じてここは丸く収めておくれ」とギルベルタに言い含めた。

「お義母様に心当たりがあるのなら、あちらでそのように罰をお与えになるだろうけれど、ここはお義母様の顔を立てて穏便にすませるのがいいと思うの」

ギルベルタは殺されかけたというのに、テレージアの面目のほうが大事なのかと得心がいかなかったが、ギルベルタがリボンひとつでほだされてしまったので、ミリアも頷くしかなかった。

こうしてモニカは無罪放免となり、テレージアやアレクサンドラと共に帰っていったが、ラインハルトは二度とモニカを連れてこないようにと祖母に念書を書かせていた。

「どうせ別の場所に隠したんだろう。反吐《へど》が出る」

彼のモニカへの嫌悪感はミリア以上に激しいものだった。

彼女がなぜラインハルトの胴着を奪おうとしたのか、全く理解できない。

ミリアのようにほころびを繕いたい性癖なら、多少はわからなくもないが。

それについては、ミリアが考えたくない可能性が残っているが――。

「使用人の分際で、旦那様に懸想《けそう》などおぞましい女でございますね」

裁縫部屋で事情を聞いたヘラが憤慨して言った。

「そんなことを大きな声で言わないで」

ミリアがたしなめると、ヘラが反駁した。

「お嬢様もお嬢様です。執務室に行くなどと嘘をおっしゃって、あんな危ない揉め事に巻き込まれておしまいになるなんて……！」

数日後、夫の胴着は厩《うまや》の藁束《わらたば》の中に隠されているのが見つかった。

ラインハルトは、モニカが一時そこに隠して後で自分の荷物に入れるつもりだったのだろうが、ギルベルタ以外にミリアという目撃者がいたために分が悪くなり、諦めたのではないかと推察した。

この一連の件で、誰も得をしない結果となったが、ただ一つ、ミリアの中でラインハルトへの愛が目覚めたことだけは確かだ。

＊　＊　＊

ギルベルタの件があいまいなまま落着となり、数日経った。

例の胴着は見つかってもラインハルトは着たくないと言い、繕う前に部下に払い下げてしまった。

執務室では、ラインハルトの隣で、オリバーが用意してくれた簡単な執務をし、ミリアの仕事がなくなったら奥様らしくハンカチに刺繍をして過ごすことになったが――。

書棚は壁一面のみだが、大きなマホガニーの両袖机にはインク壺やペン、印璽《いんじ》に封蠟が整えられ、金の箔押しを施した緑の革の表紙の書物――これは、貴族の名鑑で、他にも地図の書や、署名を待つ書類が積まれている。

肘掛け椅子はラインハルトの希望で長椅子に置き換えられ、二人が並んで座れるようになった。

「ミリア、こちらにおいで」

と手招きされて従えば、彼はミリアを自分の隣に座らせ、キスを求めてくる。

こんなことばかりしているから、暇な時間などないのだ。

「こんなにたくさん書類が貯《た》まってるのに。真面目に仕事しないとオリバーさんに叱られますよ」

「やつは今いないじゃないか。それにこうするとやる気が出るわけで、効率が上がるなら文句など言わないさ」

「んん……もうっ……これはなんの地図？」

「ここ数年不作が続くと陳情がきた村の地図だが――もっときみを感じていたい」

彼はしばらくミリアを抱きしめて自らを癒し、それからおもむろに目を開けた。

「うん……頭が冴えてきた。ここだ」

そう言って、彼は地図上に矢印や丸を書き加えた。

彼は不作の報告が入るとその地方の地図を広げて水脈を予測し、灌漑《かんがい》工事の指図をする。そうすればやがてその地域は間違いなく豊かになっていく。今では国王からも相談を受けるようになった。

「そんなことができるの？　この間みたいな魔法で？　……信じられない」

「わけもないさ。きみの愛情を得るほうがよほど難しい」

そして新妻の頬を手のひらで包んで口づけをしてきた。

しっとりとした甘いキスは素敵だ。

でも自分が今どこにいるかわからなくなるほど陶酔してしまうのは困る。

「ん……ん……だ、だめ」

いつ誰が入ってくるかわからないから気が気ではない。

「じゃあ鍵をかけておく」

ラインハルトはまるで駄々《だだ》っ子みたいに、ミリアと一緒にいたがる。

——そりゃあ、わたしだって彼と一緒にいるのは嬉しいけど。

まじめに執務をしている彼の端正な横顔を見つめたり、なにか少々厄介な問題に小さな溜息を吐いたりするのを横で聞いたりするだけで、ミリアは満足しているようなところがある。

雑多な仕事が面倒なだけで、おそらく彼にとってなんの困難もない。

所領の一大事には、先日のように水を操る魔術を使うのだろう。

大軍がおしよせても、水で蹴散らし、その神秘的な美しさで虜にしてしまうのだ。

「何を考えている?」

執務室を施錠して、ラインハルトが戻ってきた。

「あっ、いいえ何も。あなたに見惚《みと》れていただけ」

「ほう?　今日はどこも破れていないけどな」

彼は真顔で自分のシャツを確かめる。

ゆったりしたシャツに長いカフス、たくさんの小さな丸いボタンにもひとつの欠けもない。

シャツの高い位置にサッシュベルトをしていて、広い肩幅から三角形に締まっている腰、持て余すほど長い足——。

「どこもほころびてなくても、旦那様は素敵ですよ」

冗談まじりにミリアが言うと、彼は真顔のまま、彼女に顔を寄せてくる。

「ミリアのほうからそんなことを言ってくると、誘惑されているのかと誤解するが？」

「お仕事中にそんなはしたないことはしません。正直に気持ちを言ってるだけだもの」

「困ったな……」

ラインハルトは眉をひそめて呟いた。

「嬉しいが、昼間からそんな蠱惑的《こわくてき》な顔をされたら、仕事が手につかない」

「どんな顔ですか、ちゃんと仕事してください！」

ミリアはじりじりと彼から遠のこうとするが、顎を捉われてしまった。

「私をこんな状態にして仕事しろだと？　なんて残酷な新妻だ」

「ええっ……？」

なんの言いがかりかと思っていると、彼はミリアの手を取ってサッシュベルトの下へと導く。

ええ、腰の位置が高いですね、嫌味《いやみ》なくらいに――と言おうとしたが、硬いものに触れてびくっと手を引っ込める。

褥《しとね》の時間までまだ半日以上あるというのに、彼の劣情は既に隆起していた。

今の会話でどうしてそうなるのか、ミリアには不可解でならない。

「責任を取ってくれないと仕事にならないんだが？」

「わたし、何もしてません」

「いや、誘惑した」

「してませんっ……」

「じゃあきみは無意識に男を惑わす小悪魔な女ということだ。それに、私はこの頃、きみが隣にいるだけでは物足りないんだ。きみは書類か繕い物のことを考えていて、私のことを忘れているだろう」

「そんなことないわ。あなたが隣にいるだけでどれだけドキドキするかわかってないのね」

「わからないね、きみは薄情な女だからな」

なぜこんなにしつこく絡まれているのかわからない。

ひと言褒めただけでこうなるというなら、世の男性にお世辞も言えないらしい。

ラインハルトはミリアを抱きすくめて、胸の膨らみに耳を当てた。

「本当だ。脈が少し速い」

「でしょう？」

「なら二人の想いは一致しているということだ。おいで、ミリア」

彼はミリアの動悸を確認してどう判断したのか、ミリアを自分の膝に座らせた。

「……っ」

驚いてたじろいでいるミリアの首筋を彼が食《は》む。

「ひあっ」

思いがけない攻撃に、不覚にもミリアの子宮がキュンと感じてしまった。

「こうしていれば、仕事がはかどりそうだ」

そう言って、ラインハルトは新妻を膝に乗せたまま、机の書類を引き寄せ、ペンを取る。

ミリアの肩口や襟足にキスをしたり、甘噛みしては、書類にさらさらと署名していく。

「あ、あん……っ」

「いい声だ。その声を聞くとさらに効率が上がるな」

——もう、人が悪い。

火照った顔で夫の膝に乗っているなんて、他人に見られたらなんてふざけた公爵夫人かと思われてしまうのに。

しかし、彼は意地悪くて、さらなる攻めを仕掛けてくる。

ミリアのドレスのポケット口から左手を差し入れて、彼女の下腹をまさぐり始めたのだ。

「ぅや……っ」

思わず彼の上で小さく跳ねてしまった。

スカートのポケット口というのは、切れ目が入っているだけで、物を入れる袋状にはなっていない。

ドレスの下には別に作られた、紐に縫いつけた布袋を腰に提げておき、スカートの開き口から手を入れて、その袋に物を出し入れするのである。

彼の悪戯《いたずら》な手は、まさにそのスカート脇の開き口から侵入し、ドロワーズの紐を器用に解いた。

「ひ……ゃ」

もちろん目的はあの敏感な花芽だろう。

その指に触れられると思うだけで、身体の奥から熱いものが滲《にじ》み出《で》てくる。

「おっと……署名をしなくてはな」

彼は左手の戯れを止めて、右手で書類に何か文言を書いている。

お預けをくらったように、ミリアの蜜壺が疼きだした。

「よし、一件片付いた」

彼はそう言うと、再び左手を動かした。

長い指が秘裂にとうとうたどりつき、するりとひと撫で。

「あっ……あ」

声を押し殺すこともできないほどの快感に、ミリアの身体が戦慄《わなな》く。

「きみの肌にも署名しなくては」

彼はそう言うと、ミリアの鎖骨のあたりを吸った。

「ほら、薔薇の印璽だ。私のものだという何よりの徴」

「や……も……いい加減に……して」

口ではそう言って抵抗するものの、ミリアの胎内は既に燃えだしている。

淫らな雫がとろとろと流れだして、彼の指を濡らしてしまった。

「おや？　私はいつの間に水を操ったかな」

と、彼がひどく性悪なことを言ってくる。

恥ずかしさで目が潤んでしまった。

「ん、ん……も……きら、い」

このままでは辛すぎる。ミリアは立ち上がろうとしてふらつき、机に寄りかかった。

それがかえって彼を煽《あお》る結果になるなんて――。

ラインハルトはミリアのスカートをまくりあげ、ドロワーズを下ろした。

「私ももう限界だ」

彼はそう言うと、自分のブリーチズの前をくつろげてすっかり熱くなった剛直を開放する。

ミリアの蜜門にそれをあてがい、彼女の華奢な腰を掴んだ。

「挿れるよ、ミリア」

彼はかすれた声でそう言って、ミリアの中に潜り込む。

「あ……っ、ああ！」

じゅぶんと蜜を湛えた音を立てて、彼が挿入ってきた。

背後から、いつもと違う角度で彼の肉棒が抉ってくる。

内襞をこすり、押し退《おの》け、ぱしぱしと柔らかな双丘を叩くように、彼が貫いてくる。

「ひっ、うっ……、あ、あ」

ミリアは執務机に両手をついて必死に衝撃に耐える。

背徳的な場所で、淫らな格好でひたすら身体を繋いでいる。

激しく穿《うが》たれたせいで、太腿まで履いていたストッキングのリボンが緩み、ずり下がってしまった。

生肌の華奢な足が、挿入のたびに震える。

肉棒でお腹の内側を擦られ、抽挿を繰り返されるたびに、内腿を溢れ伝う快楽の露。

机に広げられた書類の文字がかすんで、読み取れない。

涙で潤んだ青い眼差しは宙を移ろい、得体のしれない不安に包まれる。

「ミリア……愛しているよ」

吐息の混じった艶めかしい声が、何度も彼女の名前を呼ぶ。

「ミリア……ミリア――！」

「あ、あ、……っ、ぁあ、ん」

彼女は時々わからなくなる。

いつだって彼の側にいるのに、なぜこんなに飢えたように求めるのか。

何かに追われているように。

だが、そんな不安も目の前の快楽に溶けて弾けてしまう。

ぐりぐりと淫らな襞を擦られた瞬間、背中から脳天へと甘い衝撃が貫く。

「——あ……っ、達っちゃ、う……」

結い上げていた髪がはらりと解けて乱れた。

「私も一緒に」

ラインハルトが呻くように言い、ミリアの下腹を抱え寄せた。

背後からぴたりと身体を寄せられ、彼の精が押し込まれる。

「……あ……っ」

トクン、トクンと胎内に放たれるラインハルトの白濁を、ミリアは恍惚と受け止めた。

彼女は目眩を感じて、執務机に顔を伏せていた。


「乱暴だった、ごめん」

ラインハルトがミリアの汗をそっと拭う。

交合の余韻に翻弄されて、彼女は長椅子にその身を横たえていた。

それから、自ら彼女の胎内にほとばしらせた欲情の名残を丁寧に拭ってドロワーズを整え、下僕のように彼女の足に片方ずつストッキングを履かせ、膝の上でリボンを結ぶ。

「人形のような華奢な身体に無理ばかり強いてしまう」

と、彼も反省しているが、彼が暴力的だったとか、乱暴だったとは思わない。

「何か、不安なことでもあるの？」

そう尋ねずにはいられないのだ。

「いや。……男はこういうものさ。……ミリア、解けた髪は私には戻せない」

「いいわ、簡単に結んで、ヘラにやってもらうから。そう気に病まないで」

ミリアは怒っていない証拠に、彼をそっと抱きしめた。

おずおずと背中に手を回してくるラインハルトが愛しい。

モニカのようなあからさまな二面性とは違い、ミリアは夫が時々見せるこの危うさにも魅《ひ》かれる。

彼女も今では、ラインハルトのいない人生なんて考えられなくなっていた。

＊　＊　＊

ある日、その前夜も甘い夜を過ごしたミリアは、早朝から起こされた。

朝食もまだなのに、少々強引に連れて行かれたのは、館から少し離れた小高い丘だった。

なぜか下男やメイドがついて来たと思ったら、木陰に敷物を敷き、パンとバターにハムやジャム、焼き菓子や果物をたっぷりと並べだした。

「たまには外で食べるのもいいだろう？　執務室で愛を育てるのはスリリングではあるが、健康的とは言えないからな。結婚したら新妻とこういうことをしてみたかったんだ。そら、食べなさい。ワインもミルクもたっぷりある」

ラインハルトはそう言うと、クッションの上にミリアを座らせた。

秋の風は心地よく、朝の光はミリアを温めてくれる。

草や落ち葉の匂いを味わっていたら、ラインハルトが言った。

「まだ眠そうだね。私のお姫様は……あっ、袖にほころびが」

「えっ？」

ミリアが素早く反応したので、ラインハルトが笑った。

「やっと起きた」

「ええっ、嘘ですか？　ひどい、不実な旦那様ですね」

「そう怒らないで、さあかわいいお口を開けてごらん」

彼はパンをひときれ、ミリアの口にほおばらせようとした。

「ああ、口が小さいな。このままではだめか」

そう言って、手ずからパンをちぎった。

「おっと、こんなに小さくしたら、まるで鳩《はと》の餌みたいだな」

「もう、いいです。自分で食べます」

ミリアは失笑した。

——この人はわたしのことをなんだと思っているのかしら。

そして彼は銀の皿にジャムやクリームを取り分け、小さくちぎったパンにジャムをつけて、彼女の口に放り込む。

「美味《おい》しいかい？　今度はミリアが私にする番だ」

「ええ……？」

なんの戯れかと呆れながらも、彼女は言われたとおりにした。

「うまい」

彼は犬みたいにひと口でパンを食べきると言った。

「これはいい。今日はずっとこのスタイルでいこう。親しみがわく」

「もう、おかしいですよ、こんなの」

なんだかあまりに翻弄されて、憎らしくなってきた。ミリアは不平を言いながらも、ラインハルトの口にハムやチーズ、パンにサラダをどんどん放り込んでいく。

「う……、待て」

ついに彼のほうが咽《む》せてしまい、ミリアは声を上げて笑った。

ラインハルトはワインで全て流し込むと、「悪戯娘め」と言ってミリアを軽く睨み、ちゅっとキスをした。

お腹がいっぱいになると、彼は召使たちがいるのもかまわず、ミリアの膝に頭をもたせかけてきた。

「ラインハルト?」

「いい高さだし、柔らかいな」

さっきはミリアを小さな生き物みたいに扱っていたのに、今度は彼のほうが大型犬みたいだ。

「みんなが見ますよ」

「かまわないさ」

こっちは気にするというのに。

しかし、ラインハルトはミリアの膝を愛でるように撫でて言った。

「父が急逝してから公爵としてふさわしくなろうと突っ走ってきた。今は、妻を甘やかしたいし甘えたいと思う。それがいけないか？」

なんてストレートな。それに、体格は大きいのにかわいく見えてくるから不思議だ。

「いけなくは、ないです。夫婦なんですし」

夫婦と自分で言っておいて、気恥ずかしくなる。

その時、ふと頭上が翳《かげ》り、周囲が騒がしくなった。

「雨です」

「急に雨が……！」

空にはにわかに黒雲がたちこめ、少し離れたところで主人の用命を待っていた召使たちが頭を手で覆って雨を避けようとしていた。

「ラインハルト、濡れちゃうわ。帰りましょう」

その時、彼は突然空を指して言った。

「私を誰だと思ってる？　……プリュエット・アビーレ！」

すると、彼らの上空だけ穴が開いたように黒い雲がたちまち薄くなる。

まる丸い天蓋から雨のカーテンが垂れ下がるように、彼らを避けて雨が降っているのだ。

なんて奇妙な光景だろうか。

「ああ、助かります。旦那様、ありがとうございます」

使用人たちは、ホッとした顔でまた元の位置に戻った。

ミリアが驚いて言う。

「あなたはお天気まで操れるの……？」

ラインハルトは微笑して言った。

「水なら大抵は私の言うことを聞いてくれる。昔は王族の血を引く者には、こういう魔力を持った人間が少なからずいたが、今ではほとんど消滅してしまった。だが、稀に先祖返りでそういう技を持つ者も生まれるというわけなんだ」

「じゃあ、王宮にはあなたみたいな人がいっぱいいるのね」

「いや……今、宮中に住まう王族では聞かない。百年、あるいは二百年にひとりくらいしか現れないね。私はいわば突然変異みたいな――良くも悪くも、選ばれてしまった者なんだ」

そう言った時のラインハルトの表情には、少し翳りが見えた。

こんな素晴らしい力を持って生まれたのに、誇らしくないのかしら。

「ま、水を操る術に関しては、戦《いくさ》でもなんでもけっこう使えるが、私は領地が栄えるためには民衆も豊かであるべきだと思うから、自分の力をそういうふうに使っている」

そんな技を持ち、見た目も地位も完璧なのに寂しげだ。

ラインハルトはミリアの膝枕でとろけた顔をしながら言った。

「私が側にいる限り、きみを雨に濡らすことも、風に晒《さら》すこともない」

これにはちょっとどきりとしてしまった。

やがて彼は名残惜しそうに、ミリアの膝から頭を起こした。

「……世界でふたりきりだったらこうしていつまでもいちゃついていられるんだがな」

そう言って、ラインハルトはふと遠くを見た。

甘く他愛《たあい》のない言葉なのに、なぜかミリアは胸騒ぎを感じたのだった。


彼が早朝からミリアを叩《たた》き起《お》こしたのには、朝食を共にするだけでなく別の目的もあったらしい。

この後、ミリアは都でも名うての仕立て屋へ連れて行かれた。

「母から聞いたが、祝宴の時にきみは招待客のドレスを鮮やかな手つきで作り替えて窮地を脱したと……その活躍を見られなかったのは残念だが、今度は私がきみに美しい服を贈りたい。きみは黙っていると、しとやかで清楚な美人に見えるから」

「ラインハルト……あなたまでヘラみたいなことを言うの」

「いいじゃないか、婚約期間が短くてこういうこともあまりできなかったから」

と、彼が嬉々としているので、ありがたく受けた。

そして、自分は武骨者だからわからないが、と言いながら、丈を少し直すだけで早く仕上がるドレスを数着その場で選び、他に仕立てに半月はかかるような高級な布や手袋、帽子、扇に手提げなど、次々と買ってくれたのだった。

仕立て屋の主を仰天させたのは、異国から取り寄せた極彩色の布を見つけた時だ。

「公爵様、お目が高くていらっしゃいますな。この絹は、蚕《かいこ》の餌に工夫を凝らして、その繭《まゆ》自体が天然の美しい色に染まっておるのです。二つとない極上の布で、一見の価値はございます」

ラインハルトは、王侯貴族ですらその値段を聞いたら躊躇するような高額の品を、なんのためらいもなく買ったのだった。

ここにきて初めて、公爵夫人という地位がとんでもないものだと実感した。

「ドレスが仕上がったら、観劇に行こう」とか

「そのうちに夜会を開いて、結婚の祝宴の埋め合わせをする」と言ってくれる。

帰りの馬車では宝玉でも抱えるように大切に抱き寄せ、「この町にはミリアに見せたいものがもっとたくさんある」と言うのだった。

＊　＊　＊

結婚して半月ほど経ったある日、祖母のテレージアが訪ねてきた。

今日のお供はアレクサンドラだったが、彼女は都会に来たついでに買い物をするといってフランチェスカと一緒に街に出かけた。

ところが、少し遅れてモニカがひとりでやってきて、「大奥様のお忘れ物を大至急届けにきた」と言うのだ。

ギルベルタを井戸に突き落としたあの日、ラインハルトはこの女性を糾弾したが、本人が認めず、証拠も出なかったために不問となった。だが、ミリアはギルベルタが正直な娘だとわかっているし、ラインハルトはテレージアに『断罪しなかったものの、許したわけではない。二度とモニカをこの城に同伴させないこと』という念書を書いてテレージアに署名させた。

そして一刻も早く彼女を解雇するようにと警告もした。

ギルベルタに対する犯人の言動は野蛮で、城仕えするような身分ではありえないような下品さだったのだが、その場にいなかったラインハルトはギルベルタの証言を聞いても驚かなかった。

彼はモニカという女性の偽善をよくわかっているようだった。

この危険な人物の扱いをどうしたらいいのだろうか。

ラインハルトは応接の間でテレージアと話をしていることもあり、まずはミリアが礼拝室でモニカの相手をすることにした。その日は、城付きの司祭が礼拝室にいたので、何かあっても目撃者にもなり助けにもなるだろうと思ったのだ。

そこで話していれば、そのうちに用件を終えたテレージアもやってくるだろう。

モニカは、例の事件などなかったかのように、しおらしい態度でやってきた。

「ほんの少し、お時間をいただきたかったのです。申し訳ありません」

ミリアは警戒心を忘れず、用件を訊いた。

「お祖母様の忘れ物とはなんですか？」

ミリアが尋ねると、彼女は安堵したように言った。

「使用人に聞いたんですけど、若奥様はとても繕い物がお上手なんですってね。実は大奥様に言われて直そうとしてうまくいかなかったものがあるのですが……ご相談にのっていただけます？」

ミリアはモニカに対して身構えていたが、繕い物のひと言を聞いたら、ふとほだされそうになってしまい、慌てて気を引きしめた。

「どんなお品ですか？」

彼女がどんな手土産を持参しようと、心を許すつもりはない。

ミリアは冷淡な物言いで手短に質問した。

すると、モニカは手提げからレースの手袋を取り出した。

「この手袋なんですけど、大奥様のとても大切なものなのです。でも手首のところがほつれてしまってるでしょう？」

モニカは一対の長いレースの手袋をミリアに渡した。

左の手首の辺りのレース糸が切れて穴が開いていた。

「直るかしら……？　右手のほうはなんともないので、見比べながら同じように仕上げればいいのだけれど」

モニカが不安そうに手袋を見つめている。

彼女に対して築いていた、ミリアの心の壁は少しだけぐらついた。

「できますよ。お任せくださるなら」

「お願いしてもいいですか？　よかった……大奥様もお喜びになるわ。うまくいかなくてどうしようかと。ああ、これで肩の荷が下りました」

用件が単純なことでよかった。

「では、応接の間でお祖母様をお待ちくださいね。わたしはこれで失礼します」

しかし、その直後である。

「ところで、ラインハルト坊ちゃまとはうまくいっていらして？」

ミリアはびくっとした。

爪を隠していた猛禽類《もうきんるい》に掴まれたような心地だ。

「え、ええ……もちろん」

モニカはミリアの袖をそっと引いて、顔を近づけ、耳打ちした。

「見た？　彼、身体に痣があるでしょ？」

その言葉に心をぐさりと刺された。

ふだんは見えないような身体の特徴を言うなんて、いったいどういう関係なのか。

ミリアが驚いてモニカを見ると、そのエメラルドグリーンの瞳は大きく見開かれ、挑むようにこちらを凝視していた。

攻撃的な視線、厚みのある妖艶な唇は片端が上がっている。

この人はやっぱり悪魔だ。近寄ってはいけなかった。

ミリア自身が確実に見ていないから断言できないが、ギルベルタを信じるなら、この女性は幼い使用人の首をわしづかみにして井戸に突き落とすような人間なのだ。

ミリアの全身が心臓になったかのように動悸が激しくなった。

呼吸さえままならない。

弱い者には暴力を振るい、そうでない相手には心に揺さぶりをかけるというのだろうか。

礼拝室でどうしてこんなひどいことができるのか、ミリアには理解できない。

だが、その瞬間、ラインハルトの言葉が蘇《よみがえ》った。

——誓って言うが、この徴の存在を知るのは身内以外はきみだけだ。きみは愛する妻だからな。

そうだ、彼はモニカをひどく嫌っていたはずだ。

ミリアは大きく呼吸した。

やっと酸素が頭に届いて、再び血が巡り始めた。

自分が苦手だと思っているこの女性と、自分を愛してくれている夫の言葉のどちらを信じればいいかと自問したら「ラインハルトを信じる」という答えが明確に返ってきた。

ミリアしか見ていないということを、確かめればいいのだ。

——神様がもしいらっしゃったら、神聖な礼拝所で嘘をつくことをお許しくださいね！

心の中で詫《わ》びて、ミリアはモニカに立ち向かった。

「ええ……彼の背中に……大きな痣がありますね。でもモニカさんはどうしてそれをご存じなんですか？」

本当は、左の腹にそれほど大きくない、紋章のような形の痣があるのだが。

ミリアは今度はさっきより冷静にモニカの表情を観察した。

モニカはなんの違和感も抱かなかったようだ。

こちらが言った間違いに気づかないのか、勝ち誇ったように笑っている。

「うふ。どうしてでしょうね？」

彼女がミリアを揺さぶろうとしているのはよくわかったが、やはりラインハルトを信じてよかったのだと確信した。モニカが本当に彼の裸身を見ていたなら、背中の痣という嘘に反応するはずだ。

ミリアは安堵し、モニカを騙《だま》してまで夫の潔白を勝ち得た自分を褒めたかった。

「モニカさんはラインハルトと幼なじみでいらっしゃったのね」

すると、モニカは流れるように、ラインハルトとの出会いについて話し始めた。

「ええ、そうよ。出会いはアベレー村の教会で。大奥様の転地療養に付き添っていたのがラインハルト坊ちゃまだったの。大奥様はとても心配な状況で……その時に奇跡が起こったのです」

「奇跡……ですか？」

「ええ、アベレー教会の神父様が、洗礼に使う泉が涸れてしまったと嘆いていたら、ミサの最中に突然、泉から水が湧き出したのです」

それはラインハルトが気を利かせて術を使ったのだと思うが、モニカは彼の能力を知らないのだろうか。

「そんな奇跡に一緒に立ち会ったのがご縁で、大奥様はすっかり私を気に入って引き取ってくださり、身内同様にかわいがってくださるようになったのですわ」

「お祖母様はご病気だったのですか」

「ええ。お年のせいもあったと思うけれど、重い気鬱《きうつ》で食事も満足に食べられなかったので、坊ちゃまが気晴らしに教会巡りをしたらどうだとおっしゃったのでしょう」

テレージアは今は明るいとは言えないが、気鬱からは脱しているように見える。

ミリアがその姿を思い浮かべていると、モニカが言った。

「大奥様は、私と一緒にいると気が紛れるとおっしゃって、それからの旅にはいつも同伴させられて……そうそう、あなたのご実家の舞踏会にもお呼ばれしたことがあったわ。私たち縁がありますね。あなたはまだお小さかったから坊ちゃまとダンスはなさらなかったでしょうけど」

ああ、あの時のことかとミリアは思い当たる。

モニカは彼とダンスをしたのだろうかと思うと、じわじわと苦しくなってくる。

――わたしだってあの日、ラインハルトと出会って、ほころびを繕ったのに。

ミリアにとってそれはすばらしい縁だったと思うが、大切な思い出だからこそ、それを軽はずみに人に喋るのは嫌だ。

「大奥様はその時にはすっかりお元気になられて、私を嫁にとまでおっしゃってくださったけど、身分違いですとご辞退したの」

これにはなんと相槌《あいづち》を打っていいのか、ミリアも困り果てた。

それが事実であっても、現在の彼の妻に面と向かって言うことではない。

彼女はラインハルトのことが好きだから、こんなに絡んでくるのだろうか。

胴着でもなんでも彼の匂いのする物をメイドから奪いたいほど、執着しているのだろうか。

自分のほうが妻としてふさわしいのにということを主張しているみたいだ。

ミリアは、受け取った手袋を見つめて心を落ち着けた。

「お話はよくわかりました……。では、お祖母様のこの手袋、お預かりして一生懸命にお直ししますね」

ミリアは作り笑いを浮かべて暇乞《いとまご》いを述べる。そこまででもう限界だった。

彼女が立ち上がった時、モニカは言った。

「お待ちなさい。何がわかったというの？　坊ちゃまのことをより知っているのは私よ。余裕見せてるけど、あなたは坊ちゃまのあの痣が、どんな意味だかわかってるの？」

モニカはついに、言葉遣いまで乱暴になってきた。

ギルベルタに口汚い言葉を浴びせていた時と似ている。

もうこの女性には振り回されない。心を乱したりしない。

ミリアは敢然と立ち向かった。

「夫は気にすることないって言っていましたけど？」

「おめでたいわね！　あれは呪いの徴なのよ。ラインハルト坊ちゃまはそう言わなかったの？　彼は呪われてるんだって」

「は……？」

あまりに突拍子もない発言に、ミリアは呆れた声を出してしまった。

「なんのことですか？　ラインハルトは遺伝的なものだって言っていましたよ」

これ以上乱されたくない。早く立ち去りたい。

「ふうん、あなたには言えなかったのね。彼は悩んでいるのに、妻にも打ち明けられないでいるんだわ……かわいそうに」

モニカの嘲るような声。

蠟燭の芯切りをしていた司祭がふと顔を上げた。

こちらの様子を窺い、近づいてきたが、ミリアは自分ではっきりと言い渡した。

「もうけっこうです。あなたは二度とここへはいらっしゃらないでください」

ミリアが立ち上がり、礼拝室を出ようとしたところに、モニカの声が追いかけてきた。

「公爵家の祖先がグリフォンを殺した呪いだもの、遺伝のようなものには違いないわね。かわいそうな花嫁さん、せいぜいお幸せに」

ミリアは手袋を握りしめて回廊を走った。

＊　＊　＊

ミリアが逃げるように駆け込んだのは、地下の裁縫部屋だった。

「若奥様。今日は何をお直しなさいますか」

そう言われて顔を上げると、すっかり元気になったギルベルタが怪訝な顔をしてこちらを見ていた。

この少女が、あの時どんな恐ろしい思いをしたか、改めて実感した。

今日も何かされるかもしれないから、ひとりにならないように忠告しなくてはと思ったが、動揺してうまく言葉が出ない。

先にアイロンをかけていた使用人たちが椅子を持ってきて、ミリアに勧める。

「あり……がとう」

ミリアは息も絶え絶えに礼を言い、ぐったりと座り込む。

「どうなさったのですか、お顔が真っ青です！　旦那様をお呼びしますか？」

使用人たちが騒ぐ中、ミリアはしばらく無言で呼吸の落ち着くのを待っていた。

──呪いって何？

ミリアは自問する。

──あの人の言ったことはでたらめよね？

「若奥様、大丈夫ですか？」

使用人に尋ねられても、ミリアはまだ顔を上げられなかった。

――痣のことは、あの人は本当に見てはいなかったじゃない。思わせぶりなことを言ったけれど、実際にラインハルトの身体を見たわけじゃないことは明白よ。

ラインハルトを信じたのは正解だったじゃない。

だから、呪いがどうとか言うのもでたらめに決まっている。

そこまで考えて、ようやく声が出た。

「大丈夫よ、気にしないで」

そうは言っても、彼女たちは女主人がいつもと様子が違うのを遠巻きに見ている。

「……これ、大事な繕い物なの」

「その手袋を繕われるのですか……若奥様？」

「ええ。お祖母様から預かったから、すごく慎重に直さないといけないの」

それゆえの緊張からこんなに動揺していると見せかけて取り繕ったが、はたして使用人たちは納得しただろうか。

「大奥様の手袋でございますか！　なるほど」

メイドは気難しい大奥様の愛用の装飾品なら仕方あるまいと、同情するような目でミリアを見つめている。

この人たちはモニカの過去についてどのくらい知っているのだろうか。

ラインハルトと何か訳ありなのをミリアに隠して平然と振舞っているのだろうか。

呪いのことはどうだろうか。

「やっぱり、部屋で作業するわ」

ミリアがそう言うとギルベルタが簡素な裁縫箱を差し出した。

「こちら、あたしたちがふだん使っているお針箱です。よかったらお使いください」

その眼差しには屈託がない。

「あたしたち、若奥様がどんなふうにお直しなさるのか、拝見したいです」

「お願いします」

その言葉を聞いたら、全てが欺瞞《ぎまん》のように見えていたのがふっと消えた。

使用人たちは何も知らない。きっと、モニカはヘラの言うように、旦那様に懸想してミリアを妬《ねた》み、嫌がらせを言ったのだ。

「わかったわ。じゃあやってみましょうか」

よく見ると、手袋の穴は一度繕おうとした形跡があったものの失敗したようだ。モニカがうまくいかなかったと言ったのは本当だろう。

ミリアは縫いかけで繋がっていた糸をそっとほどいて言った。

「レースを繕うにはこの糸は太すぎるわ。糸を替えましょう」

彼女は裁縫箱から細い糸を選び出した。

そうしているうちに少しずつミリアの心は鎮まってきた。

糸や布に触れるだけで癒されるのだ。

「右手の手袋は無傷だから、これをお手本に、左右対称になるように修繕していきましょう。レースのほころびは、布のように縫うと引き攣ってしまうから、糸を編むようにすればいいと思うのよ」

そして、ほころびた箇所の取りかかりに糸を結び、糸端は長めに残した。

その糸端を隠すようにして糸を捩じり、輪を作っては通す作業を始める。

集中しないと指を刺して、真っ白な手袋に血の染みをつけてしまうことになるから、極力、雑念を振り払う。

――考えない、あの人のことは考えない。

最初は苦労して頭からモニカの声や顔を振り払わなくてはならなかったが、繊細なレースを修復しているうちに、いつの間にか夢中になっていた。

「これはどういう技術ですか？」と訊かれ、ミリアは「糸でループを作りながら元のとおりに模様を編み上げていくのよ」と答えた。

太い毛糸で編んだ服の繕いは慣れているが、繊細なレースの場合は難易度が高いから、その分やりがいもある。

「まるで蜘蛛《くも》の糸のようです！」とギルベルタが驚嘆の声を上げた。

ミリア自身も惚《ほ》れ惚《ぼ》れするような鮮やかな手つきでレースのほつれを繕っていく。

自分の破れた心も直っていくような気がする。

「繕い物をなさっている時の若奥様、本当に美しいですね」とギルベルタが言った。

「ええ？　何それ……」

ミリアが思わず噴き出した。

実家ではそんなことは言われたことがない。

「あっ、いえ、繕い物をなさっていない時もお美しいですよ！　若奥様が最初にこの部屋に来られた時も、ちょうどあたしたち、若奥様はなんておきれいなんだろうって喋ってたんです。おしとやかで上品な近寄りがたいお嬢様だなあって。でも、今はちょっと違って……目が無邪気にきらきらとして、心から楽しそうで、旦那様がひと目惚《めぼ》れなさったのも納得です」

「やめてちょうだい。そんなにおだててどうしたの？」

するとと年長のメイドが笑って言った。

「ギルベルタは若奥様に助けていただいたことを恩に着ているのでございますよ。とっさにシーツを繋いで助けるなんて、なかなか思いつかないことでございますし、普通なら私ども使用人のためにそこまでしてくださるご主人様は百里探したってお目にかかれません。私たちは果報者です」

これにはミリアの胸が熱くなった。

「もうおだてすぎよ、溺れそうになってたら放っておくわけないじゃないの。それより、繕い物はわたしにとって楽しみでもあり、逃避でもあるの。ここにいると本当に楽しいわ」

すると、ミリアの言葉尻を捉えて年長のメイドが言った。

「逃避！　ああ……大奥様は厳しいことを言いなさる時ありますものね。アレクサンドラ様だってお気の毒に……」

「叔母様？　どうしてお気の毒なの？」

「あっ、私としたことが口が過ぎました。……でもアレクサンドラ様は一度結婚に失敗されて大奥様のお屋敷に住まわれているので、いつもねちねちと嫌味を言われて――」

「そうなの……」

「でもどうして離縁になったのかは知りません、誰も」

確かに、前に礼拝室で出くわした時、テレージアの毒舌は一瞬ミリアに向けられたが、アレクサンドラに矛先が変わって助かったようなものだ。

しかし、持ち主がどんなに癖の強い人物であろうと、その手袋に罪はなく、ミリアにとっては大好物に他ならないのである。

実際、無心に手を動かすのは楽しい。

丁寧に、丁寧に糸を操っていると、もやもやと曇っていた心が次第に落ち着いてくる。

メイドたちもめいめいの仕事に戻り、お喋りを始めるほどミリアの存在になじんできた。

ミリアはふと手を止めた。

「ねえ、もしかしてあなたたち、呪いの話って聞いたことある？」

ミリアはさりげない風を装って尋ねてみたが、使用人たちはみな首を傾《かし》げるばかりだ。

「いえ、知りませんねえ」

「それがどうかしたんですか？」

——ほら、やっぱり誰も知らないじゃない。あの人の嫌がらせだったのね。

「……できた、これでいいわ」

ミリアは作業を終えて立ち上がる。

無心になれる時間が終わったのは寂しいが、仕上がりはいたく気に入った。

「みんな、手伝ってくれてありがとう」

使用人たちに礼を言うと、ミリアは裁縫部屋を出た。

＊　＊　＊

その頃、テレージアとラインハルトは——。

「祖母上、ミリアに聞かせたくない話というのは、まあだいたい想像がついています。彼女に席を外させたのも祖母上の思いやりだというのは理解できますが、他にやりようがなかったんですか？　祖母上に好かれていないのではないかと、きっと気にしています」

「それは悪かったわ。……でも、手紙ではまずいのよ。人に読まれるかもしれない」

そんなばかな、と思いながら、ラインハルトは言った。

「手短に願います。なにぶんにも、私にはあまり時間がないので」

すると、テレージアの表情が歪んだ。

「……ミリアにはあのことを話したの？」

あのこと、とはラインハルトが昨年受けた呪いのことだろう。

「いいえ、まだ」

「いつ言うの？　終わりがいつくるかわからないのに黙っているの？」

「呪いの徴について、彼女が何か尋ねてきたら言うつもりです」

「グズグズしているのね、おまえらしくない」

ラインハルトが新妻に自分の秘密を打ち明けられないのは、それによって彼女の笑顔を二度と見られなくなるかもしれないと思うからだ。

「ミリアにはいつも笑っていてほしいんです。そして彼女が何も知らないまま、私が突然息絶えたとしても、ミリアが何不自由のない暮らしをできるように書面も残してありますし」

「愛しているのね、あの子を」

「ええ、それは間違いありません」

「でもその愛する妻のためにしてやることが書面、ねえ……。おまえはそれで安心かもしれないけど、何も知らないで突然夫を失う側の気持ちはどうかしらね。おまえが遠くへ探しにいってまで娶った嫁は、自分の立場と財産さえ確保できればそれでいいというような、血も涙もない人間なの?」

痛いところを突かれて、ラインハルトはうなだれる。

最初は自分の一方的な執着だと思ったが、日に日に愛情は増して、互いの心も通じ合ってきていると思う。

「……それで、祖母上は結局、何をおっしゃりに来たのですか?」

彼がようやく言葉を返すと、今度はテレージアが辛そうに眼を伏せた。

「そうだった、おまえを責めるために来たんじゃない。……謝らなくてはならないことがあって来たんだったわ」

「私に？　祖母上が？」

「ええ。実はおまえが私に書いて寄越した手紙を、モニカが盗み読みしたらしいの」

「……えっ」

「挙式の頃だったかしら……引き出しを勝手に開けた形跡があって、あの手紙の封蠟が割れていたから、そうじゃないかと思うのよ」

ラインハルトが今年、祖母に手紙を書いたのは数か月前の一度きりだ。

グリフォンによる呪いの徴が自分の身体に現れ、同じ徴を受けた先祖は全て一年以内に絶命していること。

そのため父の喪が明けきっていないにも関わらず、望みの女性と結婚するという決断。

「昔、私が迂闊にも、モニカがおまえの嫁になったら……などと口走ったために、あの子は妙な野心を抱いてしまったようなの。あの時は気鬱がひどい時期で、かいがいしく世話をしてくれるモニカが天使のように思えたの」

祖母の愚かさには呆れてものが言えない。

ラインハルトは全く関心を持たなかったというのに、向こうから色目を使われたり、隙あらば近寄ってくるという非常識な行動に辟易した。

エタンセル地方に立ち寄って、領主の邸に招かれた時もひと目も憚《はばか》らず馴《な》れ馴《な》れしい態度を取ろうとしたので、祝宴の会場から抜け出して薔薇の庭に隠れていたくらいだ。

そのおかげでミリアと出会えたといえば、そうなのだが。

「祖母上が血迷ったことを吹き込んだおかげで、しつこくまとわりつかれて、反吐が出るほど嫌でした。なぜあの女をいつまでも手元に置いておくんですか。もうとっくに解雇したと思ってましたよ」

「私が身分不相応と説教したら納得したのか、一時は収まっていたのよ。でも、おまえがあの手紙で、エタンセル家で出会った召使いの娘を探し出して結婚すると書いていたことから、また火がついたのでしょう。地方領主の召使いがよくて、なぜ自分はだめなのかと。もちろん、ミリアは召使いの娘ではなかった。この間モニカを連れていったのは、結婚したおまえたちを見たら、今度こそ諦めると思ったからよ」

テレージアの後悔と反省は本物だとわかったので、ラインハルトはそれ以上は言わなかったが、ミリアにだけはあの女と対面させてほしくなかった。

「母上が変に丸く収めてしまいましたが、先日はあの女に使用人まで殺されかかったということを忘れないでください、祖母上」

ラインハルトはこれまでも何度も祖母に警告してきたのだが、あの下劣な女は露骨なほどに人によって態度を変えるのだ。

地位の低いものには攻撃的になり、祖母の前では化けの皮を被り続けている。

「いずれはやめてもらうわよ。でも解雇するには一か月前に言わないとならないのよ」

「そんな義理はないでしょう。そもそもあの女を引き取ったのは――」

「ええ、あの時モニカは養育所を出される年齢で、ハーマン神父が奉公先を探しているとおっしゃったから、旅の同伴に若い娘がいるのはいいと思って引き取ったの。それはおまえも覚えているでしょう。……軽率だったわ」

「慈善の心でしたことを責める気はありませんから、そのことはもういいです。だが、私が呪いを受けたことをモニカが知ったところで、何が問題なのですか」

「わからないけど……おまえを正妻から略奪する機会がなくなると知ったら、次は何をしでかすか。ミリアを逆恨みして危害を加えるかもしれないし、つまり警告しにきたのよ。おまえの命があと一か月半しかないとして……その日まで私はモニカを見張って手元に留めておく。おまえはミリアを守りなさい。おまえの子を宿している可能性もあるでしょうから」

もしそうだったら、どんなに嬉しいだろう。

と、同時に悔しい。生きてその子どもを抱けないことがたまらなく悔しい。

しかし、ラインハルトは知らなかった。

そのモニカが執念深くひとりでやってきて、ミリアに嫌がらせをしていたことなど。

＊＊＊

裁縫部屋を出たミリアが向かった先は、書庫だ。

いずれはここにある文献を読んで勉強しなくてはと思っていたものの、ラインハルトがいつも一緒にいたがるので、なかなか来られなかったのだ。

最初に書庫を案内してくれた時に、ミリアが関心を示した本をもう一度探す。

あれには魔術とか呪術とか書いてあったような気がする。

そして、不思議な模様に見入っていたら、ラインハルトが勝手にその本を閉じて書棚に戻してしまったことを思い出す。

「あの模様はもしかして……」

薄暗い書庫に立ち、ミリアは目を凝らした。

暗さに目を慣らし、ゆっくりと本を探す。

黒い革に金の箔押しで『呪術表象学辞典』と書かれた本は、以前見たままの位置にあった。

「まず、モニカさんの言っていた呪いがどういうものか、それを調べよう」

ミリアは本を開き、目次を読んだ。

「……吉兆と凶兆、四元素の操術、妖獣による呪い――これだわ」

はやる心を抑えてページをめくると、さまざまな形が描かれて、今では伝説上の生き物と思われている動物の名前記されていた。

「海馬、グリフォン、人魚、一角獣、天馬……」

それらは千年前までは実在しており、人間の持つ魔力と同時期に消滅していったらしい。

――神獣には生贄として家畜を貢ぎ、人と神獣の多くは共存していた。稀に人間の味を覚えて害獣となるものもあり、強い魔力を持った人間がこれを退治した。逆襲されて呪詛をかけられた場合は、封呪の祠《ほこら》を作って後々の禍《わざわい》を避けなくてはならない。

「呪詛を封じる方法があるんだ……」

ミリアの心は少し軽くなった。

痣の形状が禍々《まがまが》しいから、呪いなどと言うだけじゃないかしら。

しかし、さらに読み進めていくとまた不安材料が見つかる。

――呪いを受けた徴は、最初は薄く不明瞭であるが、時間の経過と共に明確な形に、色も濃くなる。呪詛が消失すると痣も消えるが、解呪に失敗した場合――

そこでページをめくらなくてはいけないが、ミリアの手は一瞬動かなかった。

解呪に失敗するとどうなるのか。

ひと息おいてから、彼女は次のページをめくる。
「失敗した場合は、呪詛の徴が現れてから一年以内に……！」
ミリアは息を呑んだ。その先を口に出すことはできなかった。
足が震えてきて、倒れそうになる。
その本を持っていることすら恐ろしくなって、震える手で本を閉じて書棚に戻した。
見なければよかったと思った。
ページをめくる手を止めたままにしておけばよかった。
しばらく身動きもできず、書棚に寄りかかって目を閉じていた。
全身がずぶ濡れになったかのように、ドレスすら重く感じる。
――ラインハルトはどうなるの？
どのくらい、恐怖と悲しみに打ちのめされて震えていただろうか。
物音がして、書庫に誰かが入ってきた。
「誰かいますか？」
ラインハルトの側近、オリバーの声だ。
ミリアは大きく喘いで、呼吸を整えようとした。
「そこに誰か――？」

オリバーの声が警戒の色を帯びる。

ミリアはやっとのことで返事をした。

「はい、わたし――ミリアです」

すると入り口のほうで低く小さな驚きの声がし、足音が近づいてきた。

「こちらでしたか。テレージア様がお帰りです」

ミリアは書棚に掴まりながら歩き、オリバーの姿が見えるところまでやってきた。

「そう、知らせてくれてありがとう。すぐ行くわ」

ミリアはせいいっぱいとりつくろって明るい声でお礼を言ったが、オリバーはどう思ったかはわからない。

「調べものですか、若奥様」

「ええ、公爵領のこと何も知らないでしょう、わたし……だから、地図を」

オリバーは大きな身体で書庫を見回し、それからミリアに視線を戻した。

「はあ……ですが、所領の地図はあちらの棚ですよ」

オリバーはミリアが来た方とは別の一角を指さした。

「そうだったの。どうりで探しても見つからないわけだわ。最初からあなたに訊けばよかったわね。お祖母様は応接の間ね」

そこまでご一緒しましょう、と言ってオリバーがついて来た。

「もう迷わないわ、さすがに」

ミリアがそう言うと、オリバーは生真面目に答えた。

「迷うことはないでしょうが、まっすぐお帰りいただかないと、閣下が狼狽《うろた》えます」

以前、ミリアが裁縫部屋で時間を忘れてマントを繕った時に、オリバーまでヘラと一緒に兵舎まで探しに行くはめになったという前歴があるから、慎重なのだろう。

もしかしたら、オリバーは裁縫部屋の女たちのようにはっきりとは言わないが、ミリアの様子がいつもと違うことに気づいていたのかもしれない。

＊　＊　＊

応接の間までの距離がひどく遠く感じられた。

ミリアはなんとか這うような気持ちで歩いていくと、扉の外でラインハルトが待ち構えていた。

「遅かったな、ミリア。どうした？　何かあったのか？」

ミリアが意気消沈しているのに気づいたのか、ラインハルトが人目もはばからずに抱きしめてきた。

「ミリア……？」

ひとしきり彼に抱擁されて、少し気持ちが落ち着いてくるとミリアは言った。

「お祖母様にご挨拶しなくちゃ」

そして、しっかりと姿勢を保って応接の間に入った。

「お祖母様、もうお帰りになるのですか?」

「ええ、用件はもうすんだわ」

「でもお義母様と叔母様は買い物に行かれてると聞いてます」

「劇場で合流して、それからアレクサンドラと帰るのよ。いつまでも長居して新婚夫婦の邪魔をするつもりはないわ」

ミリアが礼拝室を出た後、顔を合わせていないがモニカも一緒に劇場に行くのだろう。

「でしたら、ちょうど間に合いましたから……この手袋をお返しします」

ミリアはさきほど丁寧に繕った手袋を左右揃えて重ね、テレージアに差し出した。

「何のこと? ……確かにこれは私の手袋だけどどうしてそんなものを……」

テレージアは頼んだ覚えもないようで、怪訝な顔をしてそれを見ていた。

「モニカさんがお祖母様にお願いするのを忘れて、後から持ってきてくださったのです。わたしが繕い物が好きだと聞いたそうで……それで」

「なんですって?」

テレージアの顔色が変わった。

モニカから渡すべきだったのだろうか。

「……モニカが来たの？　あなたのところに、ひとりで？」

「はい」

すると、ラインハルトとテレージアが顔を見合わせた。

「それで、モニカは今？」

テレージアが青ざめた顔で尋ねた。

「さあ……わたしは途中でお別れして、手袋を繕っていたのでわかりません。こちらでお祖母様を待っていらっしゃるものと思っていました」

ミリアがそう言うと、ラインハルトがオリバーを呼んだ。

「モニカがどこにいるか探してくれ」

そして、オリバーが出ていくと、ミリアの肩を抱えるようにして言った。

「ミリア、あの女に何かされたのか？　顔色が悪い」

ラインハルトに詰問され、ミリアはもう隠せなかった。

「あなたが……呪われてる、って……言った。本当なの？」

そう言ってしまうと、こらえていたものがついに流れ出した。

涙が止まらなくて、しばらく話すこともできなかった。

「お座りなさい、ミリア」

テレージアはそう言って、彼女を長椅子の自分の隣に座らせた。

それから、ミリアから渡された手袋を見つめる。

「これ……あなたが直したの？」

「はい」

テレージアはしばらく手袋を眺め、溜息を吐くと言った。

「……すばらしい丁寧な繕い……ありがとう。これを見れば、あなたの心根がどんなにやさしいかわかるわ。こんなふうにあなたはラインハルトの心を癒しているのですね」

そして、孫の嫁の背中をやさしくさすってなだめ、ラインハルトにぴしゃりと言う。

「だから早く話しなさいと言ったのよ。もう覚悟を決めなさい」

第五章

結局、モニカは見つからず、来た時と同様に人知れず立ち去ったようだが、後でわかったことは、彼女はテレージアの元には戻らず、行方をくらましてしまったという。

一方、ラインハルトの部屋で、ミリアは全てをうち明けられた。

痣が現れたのは十か月ほど前のことで、やがてその徴はどんどん明瞭な形を成していって、グリフォンの呪詛痕と判明した。

脆弱な前公爵はその心労で弱って亡くなったそうだ。

それから、その呪いは一千年前、先祖がグリフォンを殺してから始まったということ。

呪われた者は、徴が現れて一年以内に死ぬこと。

ただ、ここ二百年ほどは一族に呪詛痕を見た者はいなかった。

何かしら封呪の措置が取られていて、十か月前にそれが破られたのかもしれない。

手を尽くして解呪法を探したけれど、現代では不可能だということ。

そして公爵家存続のための最後のあがきとして妻を娶り、子を生《な》さねばと思ったが、その時、最期の時まで一緒に過ごすなら誰だろうと思い、浮かんだのはミリアだったこと――。

モニカはテレージアが寵愛《ちょうあい》したことからラインハルトの嫁になれると思い込んでしまったこと、ラインハルトが呪詛について書いた祖母宛ての手紙を、モニカが盗み見したらしいこと――。

ラインハルトの話を聞きながら、その残酷な運命を知ってミリアはさんざん泣いた。

彼は辛そうな顔をして、ずっとミリアを抱きしめていた。

夜は彼のベッドで、不運を嘆いていた。

明け方までそうして抱き合っていたら、ミリアの涙もすっかり涸れてしまった。

「あなたには、あとどのくらいの時間があるの？」

おそるおそる訊くと、ラインハルトは言った。

「長くて一か月半」

「短すぎるわ」

「ごめん。きみの笑顔が見られなくなると思うと今まで言えなかった」

ひと晩泣き明かしたら、なぜかミリアの肝は据わっていた。

「泣いてる暇なんかないわ、ラインハルト」

「そうなんだ。残りわずかの日々は、消えゆく私のことよりも、残されるきみのために全て捧げたい。

何をしたいか言ってほしい」

それもまた悲しい言葉だが、ミリアは考えた。

思い出作りなんてしたくない。

彼が生き延びることを最優先に考える。解呪法を探すのを諦めない。

ミリアは前向きなのに、ラインハルトときたら別の意味で肝が据わっているようだ。

「思い出を作るのに、きみは何をしたい？」

「そんなこと言わないで！　……あっ、でも」

「でも？　何だい？」

「……ダンス……」

「ダンス……？」

「わたしはまだあなたと一度も踊ってない……モニカさんはダンスをしたのに」

「まさか！　どこで、いつ？」

「わたしの実家で、五年前の仮面舞踏会があったあの日だと思うわ」

「あの嘘つき女……！　私は徹底的に避けていたくらいだから、ダンスなど死んでもしない。きみが私の肩を繕っていた時も、あの女から逃げていたのに、心外だ」

「え……そうだったの……」

ミリアは誤解していた。

モニカはどこからどこまで嘘に塗れた女だが、呪いのことだけは真実だったというのが皮肉だ。それも嘘だったらいいのに。

ラインハルトはモニカをどれほど毛嫌いしているかを教えてくれた。

＊　＊　＊

ラインハルトはめったに人を憎んだことはないが、祖母にまとわりついて離れないあの女だけはどうしても受けつけない。

彼女――モニカには身寄りがいなかった。

数年前、アベレー村の養育院から出ていかなければならなくて困っていたところを、旅の途中に立ち寄った祖母が気に入って引き取ったのだ。

その頃の祖母は、叔母のアレクサンドラが離縁されたことが原因で、気鬱になっていたから、人を見る判断力も冷静さも失っていたのだろうと思う。

祖母はアレクサンドラの問題をなんとか解決しようと、神がかり的なものにすがった。

霊験あらたかな教会があると聞くとそこへ行って、祈祷《きとう》をしてもらっていたようだ。

アベレー村には父の用事で治水状況を検分に行く用事があって、ついでに祖母を連れていった。

そこで神父から養育院の貧困問題や、教会の泉が涸れたことを聞かされたラインハルトは、泉を復活させた。彼が魔力を使うことはむやみに吹聴《ふいちょう》していないので、奇跡が起きたことになっている。

一方、祖母は養育院を見学していた。

そこでモニカは祖母に取り入り、媚《こ》び、機嫌を取って必死に気に入られようとしていた。

「大奥様のご病気が治りますように」と泥の上に跪いて路傍の聖女像に祈ったりもした。

気鬱の祖母はまんまと騙されてしまい、養育院から引き取って付き添いにした。

そして、気晴らしの旅に連れ歩くようになった。

ラインハルトも最初は彼女のことはよく知らなかったし、祖母が元気になるならそれでいいと放置していたが、ある時あの女の本性を知ることになる。

彼が父の代理で南方の所領を視察に行った時のことだ。

祖母はこういった用件を聞きつけると、孫のラインハルトを用心棒代わりにしようと、旅の同行を求めることが多々あった。

「私の面倒はモニカが見てくれるからおまえに迷惑はかけないわよ」と言うのが祖母の言い分だった。

その旅の途中で、祖母は盲目の物乞いを見ると、モニカに銀貨を入れた布袋を持たせ、あの者に恵んできておくれと命じた。

徳を重ねればアレクサンドラの問題がいいほうに行くと考えて、そういったことをあちこちでやっていたのだ。

モニカに金を預けて、先に宿で休んでいた祖母は「おまえ、モニカが迷わないように連れてきておくれ」と言った。迷惑はかけないと言った口でと腹立たしく思いながらも様子を見に行くと、件《くだん》の物乞いが騒いでいるのが聞こえた。

モニカを相手にもめているらしかった。

ラインハルトが物陰からその様子を見て、モニカを救いに行くタイミングを計っていたところ、男がこう言うのが聞こえた。

「石だ、中身は石じゃねえか！」

続いてモニカの下品な笑い声が聞こえる。

「アッハッハ！　おまえにはそれで充分だね！」

ラインハルトは目と耳を疑った。

日頃、祖母にへりくだってやさしい声音で話しているモニカが、あんな下品な物言いをしていることが信じられなかった。

「大奥様はわしに恵んでくださると言いなすった！」

と、物乞いが抗議すると、モニカは黙れと一喝した。

「悔しかったら取り上げてごらんよ」

そして目の見えない男の顔の前で銀貨をジャラジャラ鳴らした。

男が手を伸ばすと、モニカはひょいと避け、ゲラゲラ笑った。

最後には銀貨の代わりに石を入れた布袋で物乞いの頭を殴ったのだ。

ギャアッという悲鳴を上げて、物乞いはうずくまった。

モニカは自分のドレスのポケットに銀貨を突っ込んで立ち去ろうとした。

そこにラインハルトが立ちはだかると、さすがに厚顔無恥なあの女も顔色を変え、一目散に逃げだしたのだ。

ラインハルトはその物乞いの額の傷の手当をし、祖母の休んでいる宿へと連れていった。

「何事なの？　ラインハルト」

祖母は露骨に嫌悪感を表した。

モニカは既に祖母のところに戻って、いつものしおらしい化けの皮を被っていた。

「モニカ、おまえがこの男にしたことを自分の口で言って詫びるがいい」

ラインハルトがそう言うと、テレージアは顔を引きつらせて「いったい何があったの？」と言った。

モニカは作り笑いをして物乞いの前に膝をついた。

「まあ、お怪我をなさったの？」

声色を変えても目の見えない男にはわかるだろうと思ったが、ラインハルトは大きく読み違えてしまった。物乞いは、おどおどするばかりで、目の前にいる女が自分を侮辱した犯人とはわからないようだった。

「どうした、声に聞き覚えがあるだろう？　おまえに金をめぐむふりをして石を入れた布袋を渡した女が目の前にいるぞ。おまえを嘲り、傷つけた女だ、わからないのか？」

ラインハルトがモニカの悪行を暴露しても、モニカは平然としていた。

「まあ、なんてこと。せっかくの大奥様のおめぐみを取られてしまったの？　お気の毒ねえ」

モニカが心からいたわるように言うので、目の見えない男は完全に混乱したようだった。

「夕べの祈りの蠟燭を買うお金だけど、これをさしあげるわ」

彼女は物乞いの手の平を広げさせ、自ら銀貨をその手に握らせた。

「へえ、ありがとうございます」と、物乞いは礼を言うのだった。

祖母のテレージアがたまらないというように顔を背けた。

「もういいかげんにしてちょうだい！　早くその男を外へ出しなさい。ラインハルト」

「祖母上！　あなたは騙されてますよ」

しかし、物乞いは銀貨をもらったら満足し、手探りで出ていった。

「大奥様、坊ちゃまはなんておやさしいんでしょう」

しらじらしくそう言うモニカの声を聞いて、心からその女を軽蔑し、嫌悪した。

ラインハルトがいくら忠告しても、結局、祖母には伝わらなかった。

それどころか、エタンセル邸に招かれた時に、祖母はこう言うのだった。

「人違いですよ、当の本人がモニカの行いをありがたがっていたじゃないの。……おまえはモニカの生まれが卑しいからそんな先入観を持っているのでしょう。辛く当たり過ぎですよ。罰として、舞踏会であの子と踊ってあげなさい」

もちろん、ラインハルトは断じて拒否した。

自分に近づいたら許さないとまで言い放ち、舞踏会からは姿を隠していた。

そんな時に、ミリアと出会ったのだ。

祖母は気鬱が高じてまともな会話ができなくなったのではないかと思った。

本家では誰も相手をしてくれないから、寂しかったのかもしれない。

だが、一緒に住むようになったアレクサンドラのほうはまだしっかりしていた。

何年か経って、金品を失くしたり、書類を盗み読みされた形跡に気づいたりして祖母も少しずつおかしいと思い始めた時には既に遅く、「孫の嫁だったら」などと血迷ったことを言った過ちに長い間苦しめられるのだった。

思えば、呪いの階《きざはし》はあの時に既に見えていたのかもしれない。

＊　＊　＊

「そんなことがあったのね……」

モニカのすさまじい裏の顔には驚いたが、ミリアが見たのも下劣で乱暴だったから、彼の言うことはよくわかる。

「そうだ。だから、先日モニカがギルベルタを井戸に突き落としたと聞いても、驚くどころか、あいつのやりそうなことだと思ったんだ。私があんな女とダンスをするはずないということをわかってくれただろうか。祖母上のようなことはあるまいね？」

「ええ、安心しました」

ラインハルトは微笑した。

「もしかして……妬《や》いてくれたのか？」

「ええ。あの舞踏会で彼女と踊ったとしてもわたしたちが出会う前のことだから仕方ないけど……わたしはまだ一度も踊ったことがないのにって」

「かわいいなあ、きみは！　だけど、あいにく私は出会った時からずっときみの虜だ」

そして、彼は唇を重ねてきた。

「……っ？」

それから、ミリアはそっと押し倒され、ベッドに縫いつけられた。

「時間がない……一秒でも惜しい」

彼は艶めいた声で囁く。

「ラインハルト……」

いつもなら、彼のほうから一方的に与えられていた口づけだったが、今は違う。

ラインハルトが残り少ない時間を、燃え尽きるような激しさで愛してくれていたことを知ってからは、ミリアも同じ熱さで彼を求めていった。

彼のうなじにすがり、舌を絡めて互いをむさぼるように何度も何度もキスをした。

たちまち、血が沸き立つような心地になり、互いのガウンを剥《は》ぎ取《と》る。

既に彼の中心は硬くなっていた。

だが、彼がガウンを脱がせて剥き出しになったミリアの白い裸体をうつ伏せに横たえたのは、呪詛痕をその目に触れさせないようにとの気遣いだったかもしれない。

彼はミリアの首筋にキスをし、甘噛みをした。

「は……っ、ぅ」

まるで野獣に捉えられたみたいに、ミリアは動きを封じられ、無防備な背中をいいように弄ばれた。

「あ、あっ、……ぁあ、……んふぅ」

くすぐったさもあり、彼女は甘い悲鳴を上げて、彼の愛撫に耐える。

ラインハルトの唇が、ミリアの柔肌を吸って薔薇の痕をつけていく。

吸われた刺激が、子宮を疼かせ、ミリアの中を潤していった。

背中に舌を這わせながら、彼の手はミリアの胸を蹂躙する。

丸い乳房に指を食い込ませ、やや乱暴に握って軽い痛みを与え、次の瞬間、繊細な指先で乳首を弄るのだ。

「……っ、あ、ぁあ、あ……っ」

金髪を振り乱して、喘ぐミリアに、彼は容赦なく新たな快感を与えていく。

彼は下腕をミリアの下腹部に当ててそっと引き上げる。

「……あっ、……だめ、そんな……とこ……っ」

ラインハルトの舌による愛撫の矛先は、背中から腰へと下り、剥き出しになった柔らかなあの場所へと変わった。

「やっ、やぁ……はずかしい……！」

「かわいいよ、ピンクに色づいてて、きみの身体の全てが愛らしい」

そう言った口で、彼は双丘のあわいに舌をそっと挿し入れる。

「……っ、ひ……っう……、いゃああっ」

屈辱的な姿勢で死ぬほど恥ずかしいのに、全く逃げられない。

ぬるりとしたものが蜜壺に挿入ってきて、濡れ襞を舐めつくすように動いている。

彼の唾液と、ミリアの滴りが混ざり合って、白い内腿を伝い落ちる。

粗相をしたかと思うほど溢れている。

子宮がびくびくと震えて、物欲しそうに収縮する。

「あ……ぁ、も……だ、め、……ほし……い」

腰をくねらせておねだりをしてしまう。

「ミリア……いっぱい垂らしたね、いい子だ」

彼はそう言って身体を起こし、ベッドに膝をついた。

ミリアの足の間に己の身体をこじいれ、開いた蜜門に肉棒をおしつける。

「あ、あ、……は……ぁああ、も……っと」

彼はまだ来てくれない。

「もっと？　何？」

ラインハルトは意地悪だ。

「ほしいのか、私が？」

ミリアはこくこくと頷いた。

彼は先走りで濡れた亀頭をあてがい、ミリアのおねだりを聞いてからようやく挿し込んできた。

ぐぷりと濡れた音を立てて、彼が挿入《はい》ってくる。

「ふ……あ……は……っ、ぁ、あああ……」

その大きさに息を詰めて耐えていると、彼の剛直はどんどん深く押し込まれ、蜜襞を押し退けるように質量を増す。

背後から抱かれるのはひどく悩ましい。

支配されている感じがして、ぞくぞくする。

ずぷんと最奥まで彼が収まった時、ミリアの身体の中心がぎゅっと収斂した。

「ミリア……すごい……、気持ちいいよ、ミリア」

「ラインハルト……わたしも……」

「動くよ。あまり絞めつけないでくれ、達ってしまいそうだ」

彼は呻くようにそう言って、ずるりと肉棒を引き、それから勢いをつけてまた押し込んだ。

「あぅ……っ」

そしてミリアの乳房を両手で掴み、彼女の白い肩を噛む。

「ああ、あ、あ……ァ……ふ……っ」

どこからやってきたのか、ぶるぶると震えがきて、ミリアの全身が強張った。

瞼の裏に赤い火柱が立ったような気がして、絹を裂くような悲鳴を上げる。

「ぁ――――っ」

「ああ、達ったんだね。ミリア」

がくがくと震えるミリアの胎内で、彼はまだ硬く熱いままだ。

しとどに濡れたその奥で、彼の動きはいっそう激しくなる。

引きはがすように後退してはさらに奥へと突き上げてくる。

彼の抽挿はより速く、より激しさを増し、ミリアの身体を責め立てる。

「アッ……あっ、ぁあ――っ」

眩暈《めまい》がして、もう何がなんだかわからないほど穿たれ、声も掠れてしまうほど。

ラインハルトは、力が抜けてへたりとなったミリアの身体の、下腹部に手を伸ばし、繋がったまま
彼女の花蕾をまさぐった。

「…………っ」

びくん、と彼女の身体が震える。

「まだ果ててはだめだよ、ミリア」

彼はミリアの意識を呼び戻すように、最も敏感なあの果肉の粒を捉え、指先でくるくると転がした。

「あああんっ」

稲妻が走るように、ミリアの身体を快感が突き抜ける。

とぷんとまた蜜が溢れてきた。

「素直な身体だ、かわいいよ」

彼はその滑りに指を浸して、花裂をなぞる。

ぬるぬると滑りよく、彼の指先がミリアのあわいを何度も擦ってきた。

「あ、あぅ……、ぁああ、あ……っ」

「ミリア、きつい。こらえきれない」

彼はそう言いながら、ミリアの胎内をぐるりと回すように肉棒で抉った。

「ああ……っ」

頭が痺《しび》れるほどの快感に、彼女は何度も啼《な》き、震え、背中をのけぞらせた。

「もう限界だ。達《い》くよ」

ラインハルトが掠れた声で言い、さらに激しく抽挿した。

ベッドがギシギシと揺れて、妖しく喘ぐ呼吸音が天蓋の下に満ちていく。

「あっ、アッ、あ、……ラインハルト……ラインハルト……っ」

「ミリア……！」

最後のひと突きが入り、二人の時が一瞬止まる。

肉体の内側から愉悦の泡が弾け、呼吸すら止まってしまう。

ミリアの胎内に劣情が噴き出され、びゅくびゅくと脈動する。

「……っ」

愛しい人と身体の奥で交じっていくことが嬉しくて、涙が出る。

嵐のような劣情が去っても、二人は長い間繋がっていた。

＊　＊　＊

翌日の夕刻、二人はロングホールでミリアの願いを実行した。

ラインハルトの秘密については、側近のオリバーにはとうとう打ち明けたが、他の使用人にもヘラにも話さなかった。

モニカに盗み読まれたことは例外として、この秘密はいっさい親族以外に知らせていない。

ふとしたことからヴェッセル家が呪詛持ちだということがアレクサンドラの元夫に漏れて、それで彼女は離縁されてしまったからだ。

当時は、大昔の迷信なのにばかばかしいと憤慨した公爵家だったが――。

そんなわけで、オリバー以外、当家の使用人たちも知らないのだ。

ヘラは「仲がおよろしいこと、大変結構です」と言って喜んでミリアの身支度をした。

自分が嘘つきだとは思わないが、ラインハルトが「ミリアの笑顔を見られなくなる」ことを危惧して、大切な秘密を打ち明けられなかったことを思うと、彼女はいつまでもめそめそしていないで、夫の前では笑っていたかった。

何も知らないヘラが浮かれて支度するのは、ミリアにはかえってよかったのだ。


さて、にわか仕立ての音楽隊が集められ、二人だけの舞踏会が開かれることとなった。

ヴァイオリンのストリングスが静かな音楽を奏でている。

「お手をどうぞ」とラインハルトが冗談まじりに言い、ミリアが澄ましてその手を取る。

彼女の瞳に合わせて実家が誂えてくれた美しいマンチュアドレスを纏《まと》って、彼にエスコートされる。

ラインハルトは黒い燕尾コートで正装し、サッシュベルトも鮮やかなすらりとした立ちで、肖像画から抜け出したよう。

ミリアのドレスも、王侯貴族の舞踏会に出ても恥ずかしくない極上の絹に、金属糸で宝石を縫い取りしたものだ。シャンデリアの明かりを反射してキラキラと輝いている。

二人は今宵初めて出会ったように、うっとりと見つめ合う。

祝賀会でダンスをしたかったとラインハルトにねだって、急遽《きゅうきょ》しつらえてもらったので、もちろん招待客もいなければ見物人もいない。

「きみが望めば、毎日でも夜会を開くけれど、二人きりの時間もほしいし……悩ましいな」

「あなたは、ほころびを繕うわたしの顔が忘れられなかったと言うけど、あの日もう少しわたしが大人で、舞踏会のダンスのお相手として出会っていたら、恋してくれた？」

「もちろん好きになったさ！　でもきみは私に無関心だったと思うな、どこも破れていない私には」

と、根拠もないのに断言して、ラインハルトは微笑む。

でも、彼はまた、読み違えていると思う。

ダンスを誘う時の、彼の優美な姿勢は誰の目をも釘付けにしてしまうし、夕日を浴びてさらさらとなびく黒髪、漆黒の瞳は罪作りなほどストイックな美しさを醸し出している。

ヘラが「あれほどのご器量ならさぞかしおもてになったでしょう」と言ったように、舞踏会の会場にいた女性はみんな魂を持っていかれたに違いない。

ミリアは初めて出会ったかのようにドキドキしながら、彼のエスコートを受けた。

広い胸に抱かれ、うっとりするようないい香りに包まれて、彼女はステップを踏んだ。

三か月前には、何がなんだかわからないまま結婚話が進んでしまい、こんな光栄を手にしたんだとは気づかなかった。

彼は世界でいちばん美しい極上の男だと、今なら理解できる。

音楽は夕刻のロングホールを静かに彩っていた。

湖面に浮かぶ小舟のように、ゆらゆらと漂い、酔いしれるように踊った。

それから二人で夕食を食べ、バルコニーから輝く星を眺めた。

＊　＊　＊

ミリアが呪いについて打ち明けられたと同時に、それまで何も知らされていなかった側近のオリバーも真相を知らされていた。

さすがにショックは隠せなかったらしいが、静かに聞き届けたという。

ここ数か月のラインハルトの行動から——彼なき後の引継ぎや残された者に負担がかからないように所領のすみずみの問題を解決するなど、配慮が完璧だったので——何か事情があるだろうということは察していたそうだ。

こんなふうに過ごしながら、ラインハルトの『その日』まであと一か月——。

ラインハルトが全て見尽くしたという書庫を諦めきれず、ミリアが執念深く調べていた時のことだ。

「もう書庫はすみずみまで調べたよ、ミリア。そんな無駄な時間を費やすことはない」

と、ラインハルトが抱き寄せる。

「嘘よ、こんなに膨大な蔵書をひとりで全部調べられるはずないでしょう？」

「一日や二日ではね。だが、子どもの頃から書庫のことは知ってる」

彼はそう言って、ミリアにキスをした。

呪いのことを打ち明けてから、以前は彼の表情に時折よぎった影のようなものは見えなくなった。

ふっきれたように清々しい顔をしている。

その分、ミリアが重荷を請け負ったからかもしれない。

「……ん……、ラインハルトったら。こんなところで」

「じゃあ執務室に行こう。きみと二人きりになりたい」

「もう！　探す気がないならせめて邪魔しないで」

彼女は夫のキスから逃れて言った。

「ねえ、お願いよ。ご先祖様が子孫を守るために解呪のヒントを残さないはずがないと思うわ。だから、一ページ一ページ、一行一行全部見て探さなくちゃ。いっそのこと、もうお城のみんなに話して助けてもらわない？」

ミリアがすがるように言ったが、ラインハルトは頑固に拒んだ。

「叔母上がそれでどんな目に遭ったか知っているだろうに。私の身体にグリフォンの徴が発現する前でさえそうなのだから、きみ自身のためにも、永遠に親族だけの秘密にしておくべきだ。……ああ、公務の時間だ。執務室で待っているから、気が済んだらおいで」

ラインハルトはそう言うと、立ち去った。

「どうしてそんな他人事なのよ……」

彼の態度に、ふと悲しみがこみあげてくる。

ラインハルトには不安な態度や涙を見せないようにしているが、ミリアだって辛いのだ。

とりわけ、彼が自分の運命をすっかり受け入れて、残り少ない時間を有意義に過ごそうとしているのが寂しい。

「なりふりかまわずに一緒に戦ってほしいのに……」

そして、ひとしきり悲しみに耐えて、涙を拭う。

ふと人の気配がしたので振り向くと、姑のフランチェスカが立っていた。

「お義母様……」

深窓の令嬢だっただろうと思わせる儚げな佇まいだが、ラインハルトとよく似た切れ長の目は黒曜石《こくようせき》のように美しく、芯の強さが伝わってくる。

「私にもできることがあればと思って……これ――」

そう言って彼女が手渡したのは、数十枚の羊皮紙《ようひし》の束だった。

飴色《あめいろ》に変色しているのは年月による劣化だろう。

色褪《いろあ》せたインクで、字体も古めかしいものばかりだ。

「ヴェッセル家の歴史書の一部で、書き損じだと思うけれど、夫の遺品の中にあったの。おそらく書庫にないものよ。こんなものくらいしかあなたにあげられないけれど」

確かに、家系図や城内の敷地図を編纂《へんさん》するための下書きのように見える。

「ヴェッセル城の建築の履歴と、公爵家の家系ですね」

紙の大きさや劣化具合から、さまざまな年代に書かれた文書が混在しているとわかるが、系図は一貫していて、いちばん新しいのは三十年ほど前の日付がついたものだった。いずれも、本来は削って修正するべき書き損じ箇所がそのままになっている。

「お義母様、ありがとうございます。ラインハルトは、書庫のものは全部調べつくしたから無駄だって言うの。だから……嬉しいです。彼はこれを見たのですか?」

「見ていないと思うわ。私も今朝見つけたばかりなの。夫が亡くなってから、彼の遺品に手を触れるどころか、見ることもできなかったから。ラインハルトと一緒にご覧なさい」

「新しい手がかりがあるかもしれませんね。あの……執務室に行く前に、お義母様も一緒に見てくださいますか?」

ミリアがそう言うと、フランチェスカは閲覧室の窓際の席に座り、ミリアの向かい側から羊皮紙を見つめた。

「人名はヴェッセル家のご先祖よ。数字は……生年と没年、死因についても書いてあるでしょう?」

「この印はなんでしょう?　書庫にあった公爵家の年代記にはこの印はありませんでした」

ところどころ、没年の横に小さく書かれた錨《いかり》のようなマークを指さして、ミリアが言うと、フランチェスカは首を傾げた。

「何かしら?　……あなたに言われるまで気づかなかったわ」

「書庫の年代記は三十年前の編纂でしたから、この文書をもとにまとめられたんだと思いますけど、清書する時にこの印が省かれたんじゃないかしら」

ミリアは胸騒ぎを感じて、その印のついた人物のプロフィールに目を通していった。

――没年に印がついているのは死因不明の方ばかり……。

ミリアがそれを読むことに没頭していると、フランチェスカがぽつりと言った。

「――あなたは大丈夫なの?」

「……え?　何ですか、お義母様」

「辛いでしょう?　ごめんなさい、呪いのことを隠してあなたをさらってきたようなものよね。ラインハルトがどうしても忘れられない女性がいるというから叶《かな》えてあげたかったけど……今さらながら、ひどいことをしてしまったと思ってるの」

彼女はミリアの手に自分の手を重ねて言った。

結婚式の日からずっと不安そうだったフランチェスカの本音だろう。

「どうしてですか？　わたしはラインハルトと出会えて嬉しかったですよ。それに、これからだってずっと彼と幸せに暮らすって決めてますし」

ミリアがそう答えると、フランチェスカははっと目を上げた。

「……そうね……そうよね。呪いなんて、本当かどうかわからないもの」

安堵の表情を浮かべた姑に申し訳ないと思いつつ、ミリアは言った。

「呪いは本当だと思うんです。……お義母様、ここをご覧ください。……この印がついているのは、グリフォンの呪詛により亡くなったご先祖様だと思うんです」

「……そうなの？」

「もしそうだと仮定すると、昔は頻発していてだんだん減っていったように見えます」

年月を経るにつれて呪詛の出現率は下がり、二百年前から最新の記述、つまり三十年前に至るまで一件もない。

三十年前に編纂された系図なので、その後は不明だが。

「お義母様が嫁いで来られてからはどうでしたか？」

「そんな話はひとつもなかったわ。何年か前、ついこの間のような気もするけど……アレクサンドラが離縁された騒ぎで初めて呪いのことを知ったくらいですもの。かわいそうなアレクサンドラ……彼女の元の夫、クレンペラー伯爵はとても多情な男に違いない、古い迷信を口実に別れたかったんだろうって、お義母様は怒っていらした」

フランチェスカの言う『お義母様』とは、ラインハルトの祖母テレージアのことだ。

この国の法律では、配偶者に密通や犯罪というくらいの瑕疵がない限り、離婚できない。

だから、離婚のために濡《ぬ》れ衣《ぎぬ》を被せられる不幸な妻も多いが、ラインハルトに呪詛痕が出て、迷信ではすまなくなってしまった。

「私が見た限りでは、そんなひどい人間には思えなかったのだけれど——現に、彼はアレクサンドラと別れた後も、まだ再婚していないのよ。クレンペラー伯爵のほうはともかく、アレクサンドラはまだ彼を愛しているのじゃないかしら」

「そうなのですか……」

アレクサンドラ叔母様にも話を聞いてみたいと思いながら、ミリアは敷地図を見た。

そこには黄ばんだ羊皮紙に、百年刻みで、増改築の跡が描かれていた。

最初は小規模な城だったのが、外郭をどんどん広げて拡張されていった経過がよくわかる。そして二百年前の敷地図を見て、ミリアはふと気になることがあった。

「お義母様、これ……なんですか？」

ミリアがその敷地図をフランチェスカのほうに向け、一か所を指さして見せる。

「今の礼拝室を建てる前まで使われていた古い聖所よ。それがどうかしたの？」

「あの廃墟みたいな聖堂ですよね。建て始めはこんな小さな祠だったんだ……」

「確かにそうね」

「建てられたのは二百年前ですよ、お義母様」

「ええ……そのようね」

フランチェスカにはまだぴんと来ていないようだが、ミリアは動悸すら感じた。

解呪法に一歩近づいたと思った。

「ご先祖の誰かがここに封じたんじゃないですか？　呪いを」

「ええっ？」

「だからここ二百年の間は何も起こらなかった……でも、なぜ今になってラインハルトが呪いを受けたのかしら。お義母様、その頃、何か変わったことはありませんでしたか？」

フランチェスカは視線を泳がせた。

記憶を手繰り寄せているのだろう。

「その頃……といえば、地震ぐらいしか思いつかないけど……」

ミリアの故郷では何事もなかったが、こちらでは老朽化した建物が一部崩れるほどの、そこそこ強い地震だったらしい。

「ああ、それで古いお堂も壊れて立ち入り禁止になったんですよね。……その時に封呪の祠が崩れたのではないかしら。地下に封じ込めていたグリフォンの怨念がその衝撃で出てきた、とか……?」

ミリアがその憶測を話すと、フランチェスカは慄いて両手で口を覆った。

「怯えないで、お義母様。解呪法が見つかるかもしれないんです……どうにか古い聖堂に入れないものかしら」

「だめよ! 絶対にだめ!」

義母は珍しく強い口調で言ったが、すぐに声音を落とした。

「あ、あなたにまで万一のことがあったらどうするの?」

彼女は取り乱したことを恥じるように、落ち着いたそぶりをしていたが、明らかに声が震えていたし、顔色が青ざめている。

「お義母様、どうなさったの?」

「あの人も……きっと、同じように考えたのかも……。十か月前、夫は旧礼拝堂で倒れたの。ラインハルトの呪詛痕がわかって、呪いの原因を探ろうとしたのかもしれない。結局、あの人は元気を取り戻すことなく息を引き取った。だからあそこへ行ってはだめなの」

「じゃあ、ラインハルトの呪詛痕が現れた時期と地震があったのはほぼ同じということですよね?

お義父様はそれと関係があると思って、崩れた祠の様子を見に行かれたのではないのですか……？」

「わからない……でもそうだとしたらなおさらだめよ、行っては！　それにあの扉は施錠されていて、ラインハルトしか入れない」

ミリアは途方に暮れた。

唯一の手掛かりが見つかりそうなのに、禁じられてはどうしようもない。

考えてみれば、ラインハルトも最初からあの廃墟には近づかせてもくれなかった。

彼も何かしら不吉な場所だと考えているのだろう。

その時、突然二人に話しかける者がいた。

「私が行きます」

それは、ラインハルトの側近だった。

「オリバー……」

「失礼しました。ラインハルト様から、若奥様をお連れするように言われて来たのですが、お二人の話を聞いてしまいました。……その役目、私に果たさせてください」

「でも危険なのよ。知ってるでしょう、私の夫がどうなったか……」

フランチェスカは諫《いさ》めるように言ったが、オリバーは冷静に答えた。

「しかし、呪いが本物で若奥様の推測どおりなら、あの祠の廃墟に近づけば危ないかもしれませんが、このまま何もしなければラインハルト様に未来はないのでしょう。もちろん、呪いなどただの迷信で、ラインハルト様に何も起こらないのであれば、それがいちばんいいのですが」

「事実、夫は亡くなったのよ。呪いが封印された祠に近づこうとして、何かの怒りを招いたのかもしれないでしょう」

「ですが、私を含めて、あの日旦那様を介抱し、寝室まで運んだ者たちはみな生きています」

オリバーとフランチェスカの会話を聞き、ミリアは言った。

「あなたはあの廃墟に近づいても大丈夫だったのね？　じゃあ、お義父様があそこで倒れられたのは呪いと無関係か……関係あるとしたら血筋の問題かも」

「みんな憶測にすぎないでしょう。私は許可できないわ」

フランチェスカは譲らなかったが、ミリアは食い下がる。

「じゃあ、お義母様はどうしてこれをわたしに見せてくださったんですか？」

手掛かりを与えておきながら、何もするなとは矛盾している。

「夫が解呪法を探ろうとして亡くなったかもしれないなんて思いもよらなかったのよ……見せるのじゃなかった。もう忘れてちょうだい、運命には逆らえないのよ。ミリアもオリバーも……あなた方の気持ちはとてもありがたかったわ。でも受け入れるしかないの」

そう言い残して、フランチェスカは逃げるように書庫を出ていった。

「お義母様……！」

ミリアの胸は張り裂けそうだったが、それでもあきらめきれなかった。

「わたしは悪い嫁なの。お義母様の言うことに逆らって、余計な事をする」

すると、オリバーがフランチェスカの後ろ姿を見送りながら、ぽつりと言った。

「私も悪い側近です。主に隠れて奥様のご指示を仰ごうとしています。ただ、私の主は貴女《あなた》をこうしてひとりにしておくことは稀ですから、密談は難しいのですが……ご指示をいただけますか？」

ミリアは、初対面の挨拶の握手すら邪魔をしたラインハルトを思い浮かべて苦笑した。

「祠を調べたいけど、入れないのでは――」

「別の入り口がないか探してみます」

「そうね。ではラインハルトに気づかれないように祠を調査して、見たままのことを報告して。紙に詳しく書いたら折りたたんで、本に挟むの。どの本がいいかしら、ラインハルトが読みそうもないような……」

ミリアは書棚を見て回り、一冊の本を引き出す。

厚みはあまりない、花柄の布貼りの装丁を施された女性向けと思われる冊子だ。

「これはどう？　この地方のスープのレシピ集」

「承知しました」

「近いうちにラインハルトにおねだりして二人で外出するから、調査はその時に……どうか気をつけてね」

＊　＊　＊

ラインハルトはなかなか隙を見せず、進展のないままに半月が過ぎたが、その機会はオリバーが作ってくれた。
所領内の施設から陳情書が来ており、公爵夫人として慰問するのもよろしいでしょうと提案したのだ。ミリアは喜んで行くと答えた。

その日は身よりのない子どもの世話をしている養育院を訪ねた。
新妻と半日と離れていたくないというラインハルトも一緒だ。
石造りの小さな家で、塀が一部崩れていた。
「昨年の地震で壊れたのです。幸い、死傷者もなくて助かりました」
と、老女が説明すると、ラインハルトがすぐに修繕させましょうと約束した。
ミリアはあの祠のことを思い出して、何度か気がそぞろとなってしまった。

今頃、オリバーが調査しているはずなのだ。

何か不吉なことが起こりはしないか、それともすばらしい手がかりが見つかるのか。

「ミリア、どうした？」

ラインハルトが機敏にその変化を察知して尋ねてくる。

「あ、いえ。そんなに大きな地震だったのかって驚いたの」

「古い建築物だけだよ、被害があったのは」

「そうなの……大変だったのね」

ラインハルトに隠れてこそこそするのは自分には難しいと思った。


そこには施設長である老女と、十三歳の少女を筆頭に、最年少は四歳まで、七人の子どもがいた。

最年長はドーリスという少女で、てきぱきと老女を手伝って、子どもの世話をしている。

「ドーリスぐらいの年になると、どこか引き受け手を探すのですが、この子は私の後継者として残しておくつもりです。子どもの面倒を見るには、私は年を取り過ぎましたし、目も悪くなってしまったので」

と、その老女は言った。

モニカもこういう場所にいたのだと思い出して、心がひりりとした。

美しく着飾ったミリアを遠巻きに、子どもたちは壁際に並んで恥ずかしそうにしていたが、彼らの粗末な服を見ると、ミリアの腕が久々にうずうずとしてきた。

彼女は手提げの中から、肌身離さずいつも持ち歩いている赤い巾着袋——つまり、裁縫セットを取り出して言った。

「繕う物はありませんか？　ぜひやらせてください。わたし、得意なんです」

「若奥様、そんな畏れ多い」と老女が遠慮したが、ラインハルトも加勢してくれた。

「どうか妻にやらせてやってください。社会勉強ですので」などと言って施設長をますます困らせた。

実際、ぱっと見たところ、激しく破れた服を着ている子どもはいない。

公爵夫妻が来るので、今日はいつもよりこざっぱりした服を着せてあるに違いない。

ミリアはいちばん年上のドーリスを呼び寄せた。

「そのエプロンをちょっと外して見せて」

「……はい、若奥様」

今日はラインハルトと二人で出かけたので、いつもなら必ず止めるだろうヘラがいない。

ミリアはドーリスのエプロンのポケットのほころびを丁寧に繕った。

それから、巾着の中にきれいな端切れが入っていないか探すと、十センチほどの長さのリボンが一本見つかった。

彼女はそれを蝶結びにして、エプロンのポケットに縫いつけた。

レースで織り上げたリボンは、町に住む庶民にとっても贅沢な品だ。

「できたわ、どうかしら」

ミリアがエプロンを見せると、ドーリスの顔がぱっと明るくなった。

「わあ……なんて綺麗《きれい》な飾り……！」

そして彼女は施設長の元に駆け寄ってエプロンを見せた。

「若奥様、ありがとうございます。もったいのうございます」

そして老女は手探りでエプロンの縫いやリボンを確かめていた。

その時、他の子どもたちが「ドーリスだけずるーい！」「あたしもほしい」と騒ぎだした。

「これ、おまえたち！　公爵様がお待ちなのです、わきまえなさい」と施設長が言うと、彼らはしゅんとしてすぐに大人しくなった。

ラインハルトは粗末な椅子に座ってすっかり落ち着いている。

「かまわないよ。ミリア、好きなようにやりなさい。ただ、祖母上のような過ちだけは犯さないでほしい……貧しさは、人のやさしさにつけこむ悪人を作ることもある」

「わかってるわ、ラインハルト。ありがとう」

彼もミリアが繕う姿を見るのが嬉しいのだろう。

夫の警告つきの許可が出て、ミリアは自分のドレスからリボンやボタンを外して女の子の服につけてやり、男の子にはハンカチを細く切ってシャツのカフスに仕立てた。

「私が教えてやれたらよかったのですが、細かいものはもう見づらくて——」

施設長が申し訳なさそうに言うが、ミリアのほうから礼を言いたいくらいだ。

「それじゃあ、これから時々来て、ドーリスに裁縫を教えましょう。もしやる気があれば……」

するとドーリスは「そうしたらあたし、もっと役に立てますね？」と言う。

「立つわよ！　簡単な服ならすぐ縫えるようになるわ。古着をほどいて作り直したりもできるし……そう、お針子として住み込みで雇ってくれる家もあるはずよ」

そんな約束をして帰る馬車の中で、ミリアは言った。

「あなたは所領が豊かな実りを得るように頑張ってるでしょう。わたしは、あの子たちに裁縫を教えて、手に職をつけさせて、ひとり立ちできるようにしてあげたいと思うの。貧しさが悪人を作るというより、自力で生きる術を持たないことがいけないんじゃない？」

「それはいい考えだ。きみとここに来てよかったよ。耕作地を豊かにする努力は怠りなくやってきたが、教育も耕作のようなものだと気づけた。学びの場を作らなくては——」

ラインハルトはそう言いかけて、ふと無念そうに溜息をついた。

「どうしたの？」

「きみを迎える前に、心残りがないように完璧に準備をしてきたつもりだったが」

「ラインハルト……」

「きみといると、また新しいことを始めたくなってしまう。時間がどんどん足りなくなる。見苦しく足掻いて、もっと生きたいと思ってしまう」

ミリアはそんな夫の変化が嬉しかった。

「……それでいいのよ」

第六章

新妻が何か画策している。

少し前のことだが、書庫にいるミリアを呼ぶようにとオリバーを行かせた時、戻るのが遅かった。

二人で何をこそこそしているのか。

彼らに思いつきそうなことは全て試した。


ラインハルトに呪詛痕が出たことを父に話した時のことを思い出す。

——なぜおまえなんだ……。

と、父は言った。

驚愕《きょうがく》と落胆、畏れのこもった、運命を恨むような苦し気な顔で。

まだ母には告げず、父子で対処法を探った。

古い文書を紐解《ひもと》いたが、絶望が増すだけだった。

そこには呪いを受けた者がどのように死んでいくかが記録されていた。

呪詛ノ徴ハ日ヲ追ウゴトニ濃クナリ
呪詛主ノ姿ヲ克明ニ現ス
呪ワレタ者ハ一年以上生キナガラエルコトハナク
最期ハ呪詛痕カラ血ヲ噴キテ絶命スル
是《これ》ハ必定ナリ、何人モ逃レタ者ヲ知ラズ
解呪ノ方法ハ未ダ明ラカニサレズ
タダ封呪ヲ試ミタ者アリ
呪詛主ノ血ヲ塗リコメタ帆布ニ
祈念ノ文言ヲ書キ、祈レバ
ソノ子孫ハ呪イヨリ衛ラレル――

解呪の方法は不明で、封呪の方法はあるということだが実行可能とは思えない。

呪詛主、つまりグリフォンの血が必要ということなら、それはもはや方法がないと同じことだ。こんな呪いを受けながら、この一族がどうやってこれまで存続してきたのか。

一度封呪に成功したようだが、この二百年があまりに平穏だったため、先祖から子孫への申し送りさえ途絶えてしまったのだと思う。

父は「すぐに妻を娶れ」と言い、いくつか縁組に見当をつけたが、ラインハルトが全くその気になれずにお流れとなった。

突然、呪詛という余命宣告されたことを受け入れることすらまだできていなかったのだ。

「身分さえもうどうでもいいから、気になる娘はいないのか」

と急かされれば、思い出すのはひとりしかいない。

エタンセルの薔薇園で出会った少女。

彼女にならまた会いたいと思った。

五年前はまだ子どもっぽかったが、あの生命力に満ちた目の輝きに救いを求めたかった。

そんな矢先に、父は封呪の手がかりを求めて、廃墟となった祠に入ろうとした。

古文書にあった封呪の文言を羊皮紙に書き記したものを、祠に納めればいいのではと考えたのだ。

家臣たちには、「地震で崩れた箇所を調べる」と説明し、呪いのことは話していない。

石の扉は重く、男が数人がかりでなければ開かなかった。

地震で崩落した箇所を調べるという表向きの口実で、使用人たちにオリバーも加わって開くと、内部は石の隠棲所《いんせい》のように繰《く》りぬかれていた。

石の階段を数段下りると狭い四角い空間があり、さらに地下へもぐる通路がある。

昼間でもその細い通路の奥までは光は届かない。

父は私を従えて先に降りていった。

ランプで内部を照らすと、地震の名残か、石積みの祠が崩れていた。

祠といっても井戸のような穴が開いており、蓋になっていた石板が壊れたようだった。

「これが原因か。では封呪の文書を納めるぞ」

と言って、父が屈んで覗き込んだ時、祠の中から物音がし、父が引きずり込まれるように身体を前屈させて悲鳴を上げた。

「父上！」

ラインハルトが叫び、父の身体を引き戻す。

「文書はどうしましたか？」

と訊くと、父は震える声で答えた。

「文書ごと引きずり込まれそうになった。あれが効けばいいのだが――」

とにかく父を救出して地上へ出たが、父は外傷はないものの、身体が衰弱していた。

急ぎ寝室に運んで医師に診せたが、病の原因はわからなかった。

父は弱って寝付いた挙句、とうとう帰らぬ人になったのだが、今わの際《きわ》で「祠にはもう近づいてはいけない、そして自分の喪明けまで待っていては間に合わないから、かまわずすぐに結婚して子を生《な》せ」と言い残した。

父の葬儀を終えてから、ラインハルトはもう一度祠を見に行ったが、父の魂を奪って満足したのか、ただ虚ろな暗闇があるばかりで、なんの反応もなかった。

その代わりに、あの男数人でなければ動かせない扉ではなく、館の地下道からの入り口を発見して頑丈な鍵をつけた。

そして、重い石の扉は完全に閉じて漆喰《しっくい》で固め、誰も入れないようにしたのである。

しかし、呪詛痕は全く消えないどころか、さらに明瞭になっていったから、あの文書ではなんの効果もなかったと思われる。

以後、ラインハルトは自分亡き後に所領が荒れないように、細かな問題も訴訟も全て片付けた。

何も知らずに嫁いでくる花嫁は驚くだろうが、わずかの新婚生活を送っただけで寡婦《かふ》になった後も困らないように差配した。

公務についてはオリバーに、家政は執事に引き継いだ。


父の遺品から抜き取った古文書は今も彼の手元にある。

何度読み直しても、ラインハルトの救いにはならなかった。

だが、この血族が呪われているなら、いっそそれを断つのも手だと思う。

こうして全て整えて、余生を愛しい女性と過ごして終えるつもりだったのに、ミリアがあきらめていないことに戸惑う。

――だが、どうせ祠には入れない、誰も。

私の部屋を荒らして鍵を盗むくらいの悪党でなければ。

＊　＊　＊

――今夜、湯浴みを終えたらきみの部屋に行く。

施療院から帰った後、ラインハルトはそう言った。

夜ごと愛されているので、いい加減もう慣れてもよさそうなものだが、閨の約束をされると今でも胸が高鳴る。

晩餐までまだ時間があるので、その前にオリバーの報告を見に書庫に行った。

花柄の布張り装丁の、スープのレシピの本を薄暗い書庫から探し出し、そっと開くと折り畳まれた一枚の紙が挟まっている。

ミリアはそれを、肌身離さず持ち歩いている裁縫セットの巾着袋に入れて自室に持ち帰って読んだ。

彼の調査はかなり実りのあるものだったようだ。

『祠への抜け道の鍵を手に入れました。

そこで重要な手がかりを見つけました。

今夜、晩餐の後に礼拝室の聖具室においでください』

本当は何を見つけたのかを具体的に書いてほしかったが、簡単に言葉にできないような複雑な内容かもしれないし、実際に見ないとわからないこともあるだろう。

——今夜……。でも彼がベッドに来る前に戻れば大丈夫よね。


そして三時間ほど経ち、ミリアは礼拝室へやってきた。

晩餐の後、ラインハルトが湯浴みをしている間にオリバーと打ち合わせなんて、少しうしろめたいが、夫を助けるためなのだから仕方ない。

祭壇の裏にある扉が聖具室につながっており、いつもなら施錠されているが、その日は開いていた。

オリバーが開けておいたのだろう。

聖具室は司祭が典礼の前に着替えなどの支度をするための部屋だ。

手燭《てしょく》を持って扉を開けると、中は真っ暗だった。

灯りをかざすと、使用人の個室ほどの狭い空間があり、右側には横長の引き出しが五段ついた調度が据え付けられている。

調度の上は簡易祭壇になっていて、銀の香炉と数本の蠟燭が置かれていた。

長い引き出しの中にはおそらく祭服が納められているのだろう。

左壁に古いローブのようなものが掛けてあり、この地のゆかりの司教の聖遺物だろうと思われる。

そして正面奥に扉があったので、それを開けてみた。

嫁いできて初めて知ったが、オリバーの伝言どおり、抜け道のような通路がある。

化粧漆喰も施されていない、秘密めいた空間だ。

「オリバー?」

ミリアはそこに足を踏み入れて言った。

「オリバー、来たわ。わたしよ」

自分の声が反響して何重にも聞こえる。

「こちらです」

奥のほうからくぐもった声がしたので、薄暗い中を手燭の心許ない灯りを頼りにミリアは歩いていった。足下は石床で冷えた空気がたちこめている。

道なりに数十歩歩くと、微かな光が見えた。

また別の扉が半開きになっていて、光はそこから漏れている。

扉の向こうにオリバーが灯りを持って待っているのだと思った。

「わかったわ、今行きます」

なんだか恐ろしい気がしたし、こんな暗く閉じられた場所で夫以外の男と会うのはどうかと思う。

ラインハルトを連れて出直したほうがいいとも考えたが、オリバーは信頼できる側近だし、引き返すにも遠すぎた。

ミリアが足を踏み入れると、そこはまるで異端者の隠れ家のような、あるいはカタコンベのような場所だった。剥き出しの岩肌、そして足下には井戸のような虚《うつ》ろがある。

「ここが祠なの？　オリバー……？」

しかし、扉の陰から姿を現したのは側近ではなかった。

「……間抜けな女！」

と、その人物は言った。

「あなたは……！」

ミリアは燭台《しょくだい》を近づけたが、そこまでしなくてもすぐにわかった。

「モニカさん……どうして……？」

彼女はどこで手に入れたのか、公爵家のメイドのお仕着せの服を着ていた。

もしかしたら、最後に見たあの日から、ずっとこの館に潜んでいたのかもしれない。

そう思うと、その執念のようなものが恐ろしくてぞっとした。

「大奥様は、私におっしゃった。おまえが嫁ならいいのにって……なのに裏切りなさった」

テレージアとラインハルトの思いは別だったのだから、仕方ないことなのに。

だがそれを言えば、彼女は逆上しそうなのでミリアは黙っていた。

今は、モニカの行動の目的を聞こうと思う。

「伝言を書いたのはあなただったの？　モニカさん」

「ええ。この間から、書庫でもどこでも隠れてあなたを見張ってた。オリバーと不義なやりとりをするのも知ってた」

「不義なんて……でも、どうしてオリバーの言伝を騙《かた》ったの？」

「オリバーの今日の言伝はこれよ。こんなもののほうがよかった？」

モニカは別の紙をひらひらさせて見せた。

そこには、『抜け道の鍵はラインハルト様がお持ちのようで、屋敷中のどの鍵も合いませんでした』とだけ。ミリアになんとかしてそれを取ってこさせようとしたのかもしれない。

「無能なオリバーより私のほうがよほどあなたの役に立つわ。呪いが解けるかどうかはわからないけど、ラインハルト坊ちゃまの寝室からここの鍵を盗み出して複製したもの。オリバーにはそんなことはできないでしょう。私はあなたの敵じゃない」

「じゃあ、なにが目的？」

「呪いのことを知ってから、大奥様の裏切りのことはどうでもよくなった。どのみちラインハルト坊ちゃまがもうすぐ死んでしまうのなら、私は彼の子どもを産みたいと、それだけを思ったの。あなたもあなたで産めばいいわ、そうすれば公爵家が繋がるんでしょう？　でも、あなたはそれだけじゃなくて、彼を助けたいのよね。……いいわ、存分に調べなさい」

モニカはそう言うと、突然ミリアの肩を掴んで突き飛ばした。

「あっ」

バランスを崩したミリアは、井戸のような穴に転落した。

「きゃああっ」

モニカの嘲るような笑い声が下りてきて、それから扉の閉まる重々しい音がした。

ミリアは暗く冷えた穴の底で、意識を手放した。


——寒い……。

ふいに真昼のような光に照らされて目を開けると、彼女の前に鮮やかなタペストリーが現れた。

白い糸と深紅の糸を巧みに織り上げてあり、それは美しい妖獣の姿を描き出している。

上半身は鷲で、身体は獅子《しし》だ。

まぶしくてかすんでいた背景がやがてはっきりと見えてきた。

白い長衣を着た、古の神官のようないでたちの老人が、暖炉のように掘りぬいた壁の前にそのタペストリーを広げ、跪いて祈る仕草をしていた。

そしてその周りでは彼の弟子のように見える若い男たちが頭を垂れて見守っていた。

やがて、弟子たちが立ち去り、再び戻ってきた。

彼らは大きな素焼きの甕を十人がかりで運んできた。

その中はどろりとした黒い液体に満たされており、丸い巨大な宝玉のようなものが収められているらしく、彼らが歩くたびに黒い水面に球体の一部が浮かんだり沈んだりした。

弟子たちは、その甕を石の床に置き、生成りの麻布のようなもので覆って蓋をした。

彼らはその甕を壁の窪みに嵌めこみ、その上から石と泥で完全に埋めた。

神官らしい老人が両手を広げて掲げると、その手のひらにグリフォンの痣が見えた。

それを合図に、弟子たちがタペストリーを持ち上げ、石壁に掛けたのだ。

ミリアは、意識の底で、自分が奇妙な夢を見ているのだと理解していた。

そのタペストリーがやがてぼやけていき、ふいに裂けてしまう。

鮮やかな深紅だったグリフォンの図柄は、もはやセピア色に退色していた。

裂けた隙間の奥に、黒く輝く宝玉が垣間見《かいまみ》える。

だが、それは宝玉ではなかったようだ。

なぜなら、それは息づくように微かに震え、濡れて澱《よど》んでいたからだ。

悪魔の目だ、と思った時、ミリアは悲鳴を上げていた。


「あ……っ」

自分の声で目を覚ました。

恐ろしい夢を見ていた。

今も動悸が止まらない。

自身の呼吸音があまりに荒くて、それが石の壁に反響して怖い。

「誰か……！　助けて！」

穴の底でうずくまり、状況を見定めようとした時、一緒に落ちた燭台から蠟燭が外れているのを見つけた。ドレスに火がつく一歩手前だ。

ミリアは慌てて蠟燭を拾い上げ、燭台に付け直した。

三本立てのうち他の二本の蠟燭は落ちた時に消えてしまったらしい。

完全な暗闇になるところだった。

燭台を掲げて、辺りを照らすと、その穴はよじ登って上がるには高すぎたが、思ったより浅いことがわかる。だからか、落ちた時のダメージはほとんどなかった。

「誰か、いないの？」

ミリアは再び叫んだが、声が反響するばかりで誰にも届かないような気がした。

たった今見た夢を思い出すと、恐ろしくて震えがくる。

あの老人が――手のひらに呪詛痕をつけていたあの人のいた場所が、もしここならと思うといたたまれない。

悪魔の目のような黒い物体の入った甕が、この祠に埋められているとしたら。

ミリアは恐る恐る振り向いた。

――ああ、間違いない……。

怖くて泣きそうだった。

ひとりでやってきたことを心から後悔した。

自分がバカだった。

――でも、そうまでしてわたしは何をしたかったの？

ミリアは自問する。

彼を助けたかった。

自分の運命を受け入れて、静かにその時を待つあの美しい夫をこの世に留めたかった。

グリフォンの呪いに取り込まれてしまうというなら、引きずり戻したかった。

だから、ここに来たのだ。

ミリアはゆっくりと前に進み出た。

蠟燭を掲げて、その壁を見つめる。

壁の一部は崩れたようになっていて、その隙間から麻のような、何か繊維のようなものが見えた。

ミリアは崩れた壁の瓦礫《がれき》をそっと取り除いて足下に積み、その正体を探った。

「……やっぱり、あのタペストリーだわ……」

かなり古いもので、黄ばんではいるが、白地にセピア色の糸で何かの模様が織り込まれていて、中央が裂けていた。

切れた糸の断面は新しいので、これは昔からではなく、昨年の地震の衝撃で破れたのだと思う。壁の奥に隠されたタペストリーは、縦はミリアの背丈ぐらいで、横幅はもう少し狭いものと思われる。

「あの夢は、封呪の儀式だったのかも……」

それが地震により破れたことで、ラインハルトが呪われたのだとしたら……。

「繕えば、また封じることができる？」

ミリアはスカートのポケットを探った。

「あった……」

いつも必ず持ち歩いている祖母の形見の巾着袋。

ミリアが縫い物を覚えたいとせがむと、祖母は早速これを縫ってくれた。

そして、危なくないように真鍮の小箱に小さな鋏や針などの尖《とが》った道具を収めて、その袋の中に入れて持ち歩けるようにしてくれたのだ。

祖母は、ミリアの目の前で見事にタペストリーを繕った。

そして王の罰を恐れて自死しようとした職人を救った。

あの光景と感動は今も薄れていない。

「やるわ……おばあちゃまみたいに」

ミリアの心から、恐怖はもう消えていた。

＊　＊　＊

ラインハルトは湯浴みを終えて、ミリアの寝室に向かった。

彼女の寝室に行くには、まずドアを開けて控えの間を通り、それから彼女の居室のドアをノックして来訪を知らせるのがいつものやり方だが、今日は珍しく、ヘラが控えの間にいた。

「ミリアの支度はまだなのか?」

と、彼が訊くと、ヘラはシッと口を指で押さえ、小声で言った。

「お嬢様のご様子がいつもと違うように思います。あたしがおやすみのご挨拶をしました時、いつもならお顔を見せてくださるのに、今日は愛想のないご返事だけでした。それで、あることを試してみたのでございます」

「あることを?」

「はい。旦那様のガウンがほつれておりました、と申し上げました」

「ああ……それで?」

「そうしましたら、『そう』とだけおっしゃったのです。奇妙でございましょう?」

「どこか具合が悪いのだろうか」

ラインハルトはヘラの意図がわからずに問い返した。

彼女は公爵家の呪いの話を知らない。

ミリアがいつものように繕い物に食いつかないことを不審がっているのだろうが、いくら元気なミリアでも憔悴《しょうすい》していないはずはないのだ。

「さっきまでとってもお元気でしたのに、いつの間にか寝室におられて。湯浴みの用意を致しましても『いらない』と……。どうかお気にかけて、やさしくしてさしあげてください」

わかった、と答えてラインハルトは寝室に入った。

室内は妙に暗く、枕元のランプすらついていなかった。

「ミリア、どうした？」

彼はベッドに歩み寄る。

「調子が悪いのか？」

病気で寝込んでいるのなら、医師を呼ばなくてはならない。

そう思って、しばらく黙って様子を窺っていると、衣擦れの音がした。

「ラインハルト様……私、お待ちしていましたの」

ようやく答えが返ってきて、ラインハルトは身構えた。

声も気配も違う。

いつもこの部屋に入る時、次にくる甘いひとときを思い、気持ちを抑えきれない。

彼女もまた、初々しく胸をときめかせながら長椅子に座って待っていることが多いのだ。

ヘラの忠告がなかったら、すぐにでもベッドに飛び込んでいただろうが、彼女のおかげで違和感にいち早く気づいた。

「誰だおまえは！」

ラインハルトはランプをベッドに近づけ、上掛けをめくった。

彼は息を呑む。

おぞましくて、二度と見たくもないし、見るはずもないと思っていた顔がそこにあった。

「モニカ……きさま！　今までどこに隠れていた」

「ラインハルト坊ちゃま！　お願いです。あなたのお子を産ませてください」

女は突然すがってきたので、ラインハルトは反射的に振りほどく。

「ヘラ！　ヘラ、こいつを見張っておけ」

彼はそう叫びながら、女をベッドから引きずりおろし、ベッドのシーツを裂いてモニカの両手を後ろで縛った。

モニカはミリアの夜着を着ていたが、髪はくすんだ褐色で、長らく湯浴みもしていないであろう、薄汚れた足をしていた。

ヘラがあたふたと駆け寄ってきてその顛末《てんまつ》を見ると、仰天して尻もちをついた。

「ひぃっ。誰ですっ？　……お嬢様は、ミリアお嬢様はどこですかっ？」

すると、モニカは不気味な笑い声を上げた。

「若奥様は書庫の本に恋文を忍ばせて、夜更けに坊ちゃまの側近と逢引《あいびき》をしていたわ。尻軽な妻のことなどお忘れになったらいかが？」

「ミリアをどこへやった？　言え」

「あなたが子種をくださらなきゃ教えません」

あまりにいかがわしい要求に怒りが沸騰したが、騒ぎに気づいてかけつけたオリバーにモニカを任せる。

「オリバー、ミリアを知らないか。何か約束をしていなかったか？」

「若奥様がどうされたのですか？　……心当たりは祠しかありません。聖具室に繋がっているけれど、鍵がないと入れないことを申し上げました」

――まさか……あそこに入れるとしたら……。

ラインハルトはモニカを睨んだ。

――そうだ、この淫らで忌まわしい女ならやりかねない。

彼はミリアの部屋を出た。

ガウンの下には夜着の上下を着ていたが、ふと腹に濡れた感触を感じて立ち止まる。

白い夜着に赤い染みが滲んでいた。

呪詛痕から出ているに違いなかった。

——こんな時に！

彼は、終わりの時が近づいたことを悟ったが、今は自分の命よりも大切な女を助けに行くことしか頭になかった。

彼は自分の寝室に寄り、鍵を持ち出して礼拝室に向かった。

あの女が行方不明になってからずっとこの屋敷のどこかに潜んでいたと思うと、あらためて嫌悪感がせりあがってきた。

ラインハルトは全てを振り払うように走った。

呪詛痕から血が噴き出そうとかまわず走り続けて、礼拝室に到着した。

灯りは必要なかった。

祭壇の奥に火の手が上がっていたのだ。

＊　＊　＊

ミリアは夢中でタペストリーを修繕していた。

祖母が昔やったように縁のほうから織り糸を抜き取ったが、どうしてもグリフォンの姿に使ってある色のついた糸は取り出せなかった。

「でも、とにかく繕うのよ」

それは願掛けのようなものだった。

蠟燭はすぐに消えそうになったが、幸い他の二本の蠟燭は、ミリアが転落したはずみですぐに消えたらしく、まだ長いままだった。

順番に火をつけて、その明かりを頼りに繕っていく。

裂けたのは手のひらほどの長さだ。経糸は少なくてもいいが、横糸は何十本も必要だ。

抜き取った長い糸を、ミリアは何本かに切り分けて横糸に使う。

針に織り糸をいちいち通さなくていいように、普通の縫い糸を通した縫い針を通してから、そのループに織り糸を通して引っ張る。

――お願い……これで、ラインハルトが治りますように。

ミリアは祈りながら、着実に繕っていった。

あと、数センチというところまできたとき、ふと焦げ臭い匂いがした。

モニカの笑い声が頭の中に蘇った。

彼女は、ミリアをこの祠に突き落として去ったが、その時に火を放ったのだろうか。

――礼拝室が燃えてるの？

ミリアは立ち上がったが、外の様子はわからなかった。

ただ、この祠と聖具室からの抜け道を隔てている木製の扉がぶすぶすと音を立てている。

礼拝室から火が出たのなら、家人がすぐに気づくだろう。

モニカはきっと立ち去り際に、その扉に火をつけたのだ。

分厚く湿った扉は、時間をかけてくすぶり燃えていたから、まだ誰も気づいていないのだ。

このままだと、蒸し焼きにされてしまうのかもしれない。

ミリアは覚悟を決めた。

「せめて、ラインハルトの呪いだけでも解くわ」

そして、タペストリーに向き直って再び手を動かす。

扉は炎を上げて燃え始め、ミリアのいる穴底まで火花が飛んでくるまでになった。

煙が充満して、ミリアは咳き込んだが、それでも繕う手を止めなかった。

火の粉を振り払い、ひたすら繕う。

「だめ、燃えないで！　タペストリーだけは燃えないで！」

彼女がそう叫んだ時、愛しい声が聞こえた。

「ミリア！　どこだ！」

「……ラインハルト！　ここよ！」

その後、よく通る声がこう唱えた。

「アウクシリウム・ミリア」

すると、地下全体に水の粒が立ち込め、扉をなめるように広がっていた炎が消えた。

ミリアを見えない殻で包むように、彼女の周りだけは濡れずに、祠全体が水で洗われたと思うと、ラインハルトの声が近づいてきた。

「ミリア、無事か」

祠の壁の上から彼の声が聞こえる。ミリアは愛しいその名を呼んだ。

「ラインハルト……！」

「待っていろ、今、行く」

彼はそう言うとひらりと飛びおりて、祠の底に着地した。

そしてミリアを抱きしめる。

「もう大丈夫だから……」

扉の火が消えたら、タペストリーを照らす蠟燭だけになったので、ラインハルトの顔はよく見えなかったが、ガウン越しに彼のたくましい身体を感じた。

「礼拝室は大丈夫なの？　燃えなかった？　ラインハルト」

ミリアがそう尋ねると、彼はがっくりしたように溜息を吐いた。

「何を言っているんだ、きみは！　私がどれほど……！　いや、もういい。無事だったからいいが、こんな思いをさせたら二度と許さない」

「……ラインハルト……ごめんなさい」

「礼拝室は祭壇の裏が少し燃えたが、私の力で難なく消した。モニカがきみをここに閉じ込めたんだな？　そしてあの扉に火をつけた……」

「彼女はどうしたの？」

「あの胸糞《むなくそ》悪い女！　寝室を真っ暗にして、ベッドできみになりすましていたが、ヘラの忠告ですぐにわかった。繕いものの話をしても全く乗ってこなかったからおかしいと――。なにより、きみを殺《あや》めようとしたこと、絶対に許さない。私が許さないのはもちろんだが、祭壇を燃やした罪で教会から破門され、生涯、地を這いまわる野犬のような暮らしを強いられるが、そんな罰では温《ぬる》い」

やがて、複数の足音が近づいてきた。

「ラインハルト様、若奥様は」

「お嬢様、ミリアお嬢様っ」

オリバーやヘラの声も混じって、あの暗く孤独だったのが嘘のようににぎやかになった。

とくに、ヘラはずっと泣いていて、ミリアが無事だとわかっても泣き止《や》まなかった。

「ラインハルト様、今、縄を下ろします。ところどころ結んでこぶを作ってありますから、それを掴んで上がってください」

オリバーがそう言って太い縄を下ろしてきて、ラインハルトがまずミリアを上げようと促した。

「さあ、下から支えてやるから、これに掴まって上がるんだ」

ラインハルトはそう言ったが、ミリアは首を振った。

「待って、タペストリーを繕ってるの。あと少しで呪いが解けると思うの……だから待って」

「なんだって？」

「ねえ、オリバー、灯りをここに向けて照らして」

ミリアの言葉に従い、オリバーが上方から祠の底を照らす。

崩れた壁の中に、タペストリーが浮かび上がる。

オリバーが目を瞠《みは》り、ヘラも泣きわめくのをやめてこちらを凝視した。

「なんでございますか、それは。薄気味悪いこと！　お嬢様、早くお上がりださいまし！」

「ヘラ、だって、ここに繕いものがあるんですもの。わたしが放っておけないのわかるでしょ？　すぐ終わるから、そうしたら湯浴みの用意をしてちょうだい。すっかり身体が冷えてしまったわ」

「もう……お嬢様ったら……こんな時に繕いものなど！　いつもあれほどヘラが申し上げておりますのに……まあそれでこそ、いつものお嬢様でございますけれども。……エタンセルの旦那様に言いつけて叱ってもらいます！」

そう言って泣き笑いをしながら、ヘラはいそいそと出ていった。

湯浴みの支度をしに行ったのだろう。

「これ、グリフォンの徴なの。わたしにはわかったの、これが裂けたから呪いが復活してしまったのよ。だから繕うの。それしか方法がないの」

ラインハルトも、黒い瞳でグリフォンのタペストリーを見つめていた。

彼は、ミリアの意図を察したのか、わかった、と頷いた。

「それはあとどのくらいかかるんだ?」

「一時間もかからないわ」

ミリアがそう答えると、ラインハルトはオリバーに言った。

「ここは冷えるから、ミリアのために羽織るものを投げてくれ。蠟燭の補充も。そして、一時間ほど、二人だけにしてほしい」

「はい、ラインハルト様、若奥様」

オリバーが去り、ミリアはラインハルトに見守られて、タペストリーの修繕を再開した。

彼の命がもう尽きかけていたなんて、ミリアは知らなかった。

＊　＊　＊

暗くてよかった、とラインハルトは思った。

呪詛の徴から出血していることを、ミリアに悟られないですむ。

オリバーの投げ入れた毛布を敷き、ラインハルトは壁際にもたれて座って、ミリアの所作を眺めていた。

思えば、初めて出会った時から、彼女はこうして目を輝かせて繕っていた。

ラインハルトの意識は次第に朦朧としてきて、いよいよその時が来たのだとわかるが、最愛の妻の最も輝いている姿を見ながら過ごすという、至福のうちに逝けるのはなかなか悪くないと思える。

彼女は赤い糸がないと言いながら、とにかくタペストリーの裂けたところを繋ごうとしている。ラインハルトの目にも、それは間違いなく封呪の儀式に使われたものだろうとわかる。というのは、グリフォンの形の下に、古文書に書かれていたのと同じ古い文字が織り込まれていたからだ。

だが、それにはグリフォンの血が必要なのだ。

今はセピア色に退色してしまったグリフォンの形は、グリフォンの血で染められた糸で織らなくてはならないのだと思う。

――ミリア……。

目がかすんできた。

「ミリア」

弱々しい声で呼んだ。

「できたわ、ラインハルト！」

彼女は明るい声でそう言い、振り向いた。

「……ラインハルト……？」

そして灯りをこちらに近づけた。

「ラインハルト、眠ってるの……？　ねえ、見て」

やっと彼女は気づいた。

夫を襲っている呪いが、それを全うしようとしていることに。

「どうして……タペストリーを繕えたのに、どうして？　ねえ？」

彼女はラインハルトを揺さぶって起こそうとし、それから抱きしめてきた。

「お願い、起きて！　ねえ、ラインハルト！」

しかし、身体がどんどん冷えていくのが自分でもわかる。

ミリアは泣きながら揺さぶっていたが、突然はっとしたように飛びのいた。

ひどく重い瞼をなんとかこじあけると、愛しい妻が血塗《ちまみ》れの手を見つめて慄いていた。

「ラインハルト、怪我をしてるの？　オリバー！　助けて！」

「ミリア……」

ラインハルトは声を絞り出した。

「愛してる――」

渾身《こんしん》の力を込めて彼女に言い残したら、もう呼吸する力すらなくなったと思える。

「ラインハルト！　いやっ」

ミリアは悲鳴のような声を上げて立ち上がり、タペストリーに向かって叫んだ。

「なぜ封じられないの？　どうして？　呪うならわたしを呪いなさいよ！　祠に踏み込んで勝手にタペストリーに触ったのはわたしなのよ！」

そして彼女は泣きながらタペストリーを叩いた。

――ミリア……よせ……。

ラインハルトはそう言いたかったが、もう声にならなかった。

彼の呪詛痕から噴き出した血は、ミリアの白い手を濡らしていた。

その手で触れられたタペストリーも血で染まっていく。

――ミリア……！

彼女はなすすべもなく、子どものように泣きながら戻ってきて、再びラインハルトを抱きしめた。

「死なないで、お願いだから……！」

その時、突然タペストリーが輝き始め、祠中が太陽に照らされたように明るくなった。

——これが死の瞬間か。

ラインハルトがミリアの腕に抱かれて、タペストリーを見つめていると、下部の文字列が蠢き始めた。古代語なので、意味も発音もわからなかったはずなのに、ラインハルトの脳裏に突然古代の言葉が蘇り、全てが理解できた。それこそが解呪の呪文だったのだ。

タペストリーはめらめらと燃え始め、二人を劫火で照らしている。

ミリアとラインハルトは抱き合って、それを見つめていた。

愛しい妻は、それをもう終わりの時だと悟ったように、潔い眼差しで見ていた。

「泣いてる……」

と、彼女が呟いた。

「なんだって、ミリア」

「夢で見たの。この壁の奥には、グリフォンの目玉が埋められていて、そのグリフォンはとても苦しんでいるの。泣いているのよ」

——そうか……。

愛しい妻の心根のやさしさに、彼の目の前が開けた気がした。

呪いを封じることばかり考えていたが、それは間違いだったのかもしれない。

ラインハルトは彼女を抱く腕に力を込める。

タペストリーのグリフォンのシルエットが全て焼け落ちて、その向こうから黒い幻獣が飛び出してきたその時、ラインハルトは叫んだ。

――レヴェルテーレ・アド・カエルム！

天ニ帰レ――！

彼の指先から水の渦が生まれ、タペストリーを包んでいる炎と交わった。

――レヴェルテーレ・アド・カエルム！

――レヴェルテーレ・アド・カエルム！

――レヴェルテーレ・アド・カエルム！

ラインハルトの繰り返す言葉が光の粒になって弾け、それらの全てがグリフォンを押し包む。

凄絶な咆哮《ほうこう》が祠に轟《とどろ》き、それは解呪の言葉に呑みこまれ、やがて沈黙へと落ちた。

第七章

「おいで、ミリア」

愛しい人がそう言って腕を広げる。

ミリアは彼の腕に飛び込む。

薄衣のガウンごと、彼は抱きしめてくれたが、すぐにそれも脱がされてしまった。

浴室が、いつもよりたくさんの蠟燭で照らされて、恥ずかしいのに。

「あなたも」

そう言って、ミリアはそっと彼のガウンを下ろしていく。

肩がむき出しになり、そして彼の足元にガウンが落ちた。

ミリアは一瞬目を閉じて、俯く。ラインハルトの手がその顎を掴んで上向かせた。

「見ないのか？」

「……でも」

「ほら」

彼がそう言った瞬間、浴室を照らす蠟燭の火がいっせいに揺れた気がした。

ミリアは目を瞠った。

その青い瞳から、朝露のような雫がぷっくりと生まれて、頬を伝う。

「見えるか？　ミリア」

「ええ……！」

信じられないけれど、今、目のあたりにしている。

彼の、均整のとれた、それでいてたくましい身体を。

そして、これまで彼を苦しめていた幻獣の影がもはやすっかり消えていることも。

「夢みたい……」

「夢かどうか試してみよう」

と、ラインハルトが言った。

「どうやって？」

すると、彼は悪戯な笑みを浮かべて、ミリアを抱き上げた。

「あっ」

そして、タイル張りの円形の浴槽まで横抱きにして運ぶ。

水音がして、花の香が立ち昇る。

ミリアは抱かれたまま湯の中に浸《つ》かった。

しがみついていた彼の首からそっと腕を外す。

「そら、もうなんともないだろう?」

湯を弾くほどの張りのある皮膚は、ひとつの濁りも傷もない。

ミリアは彼の腹の、呪詛痕のあった場所に触れたが、やはり呪いの跡形もない。

いったいどうしてなのかわからないが、祠で奇跡が起こったのは確かだ。

モニカに祠に落とされて気を失い、不思議な夢を見た。

それから壁の崩れたところからタペストリーを見つけて、繕った。

やがて地下の扉が燃えて、タペストリーにまで火の粉が飛んできた。

ラインハルトが助けにきてくれたけれど、ミリアはまだ繕い終えていないと言った。

彼は聞いてくれて、ミリアの好きなようにやらせてくれたが、それを見つめながら彼の命の灯が消えかかっていたことに気づいた時は、ほとんど手遅れだった。

古文書によれば、それは呪われた者の末期の状態だったのだ。

彼女は絶望的な気持ちでラインハルトを抱きしめた。彼の息はほとんど絶えていたと思ったのに、突然タペストリーが発光し、やがて彼の目に生気が戻ってきた。

タペストリーが燃え上がり、そこから幻獣が蘇る。

彼は大きく息を吐くと、ゆっくりと立ち上がった。

血まみれだったガウンまでが光り輝き、彼の髪から足の先まで光に包まれていた。

ラインハルトが水を操る魔術と、それから聞いたことのない呪文をくり返し――。

「きみはおそらく、二百年前の古文書に書かれたのと同じことをしたのだと思う」

「同じこと？」

「タペストリーに呪詛主の血液を塗った」

「呪詛主の……そんなことはしていないわ」

「私の血がそうなんだ。千年前の先祖がグリフォンと戦った時に、その血を浴びて、傷口から体内に入ったんだと思う。グリフォンの血は、直系の子孫へと受け継がれてきたとすれば、私の血にはグリフォンの血がわずかながら入っていたことになる」

ミリアは、命尽きかけたラインハルトにすがりついた時に、初めて彼が出血していたことに気づいた。彼の呪詛痕から噴き出した血に触れ、血に染まった自分の手を見て――。

そして、タペストリーにすがって助けを乞うた。

「あの時に、わたしの指からタペストリーにあなたの血が移ったのね」

ラインハルトが封呪も解呪もあきらめていた理由は、その古文書にあった。

フランチェスカがミリアに渡してくれたあの古文書は、既にラインハルトが見て重要な部分だけ抜き取られていたのだが、それには呪詛主の血液が必要と書いてあったのだ。

「グリフォンの血液など、絶対に手に入らないと思うじゃないか、今はもう絶滅してしまったのだから——だが、それは私自身の内にあったのだ。タペストリーに浮き出た呪文は、私の魔術により変化して、私の言葉になった。あれは一時的な封呪ではなく、永遠の解呪の文言だったんだ」

「永遠の解呪——」

「そう。ただ封じるのではなく、地獄で苦しむグリフォンを帰天させてその苦しみから救うことこそが、真の解呪法だったんだと思う。それは魔力を持つ人間にしかおそらくできないことで——だから私が選ばれたんだ。私たちに子ができても、その子孫も、永遠に怯えなくてもいい」

これが公爵家にとってどんな素晴らしいことか想像はできるけれども、今はただこう思う。

「あなたさえ無事ならそれでいいの」

そして今では呪いの跡形もないその肌にそっと唇を当てた。

彼の身体にどんな痣があっても愛しいが、彼の命を奪う徴が消えたのは嬉しくてたまらない。

彼の腰を抱えるようにしてその跡に口づけをすると、ミリアの胸のふくらみを押し返すものがある。

「……っ？」

「ミリア、私を煽ったらそうなるに決まっているだろう」

無意識に、柔らかな胸の双丘で肉棒を挟むような形になってしまっていた。

「そんな……わたしは神聖な気持ちでキスしたのに」

「私のきみへの愛情から起こる身体の変化だって神聖なものだよ」

「もう……！」

ミリアがそう言って彼の胸に頬を寄せると、彼の腕がその華奢な身体を抱きしめる。

「夢じゃないことを証明するのだった」

ラインハルトがそう言って、ミリアの腰を引き寄せた。

「ひゃっ」

彼の劣情は既に硬く屹立して、彼女の柔肌を圧迫している。

「早く、きみの中に挿入《はい》りたい」

「ぁっ……、っ……でも……っ」

「まだ無理？　それなら」

彼はミリアの足を開かせて、自分の太腿の上に跨《また》がらせる。

湯の面に浮かんだ薔薇の花びらがゆらゆら揺れて、また芳香を立ち上げていた。

下腹部が擦れ合うと、痛いくらいに圧迫してくる彼の肉棒に、ミリアは息を呑む。腰をくいと抱き上げられ、丸い乳房が露わになってしまった。

湯の温もりで、ほんのりピンクに色づいた胸の尖りを、ラインハルトの唇が捉える。

「ぁあん……っ」

柔らかな舌でぺろりと撫でられた時、その刺激が腰まで届いて背中を震わせた。

ちろちろと煽られるうちに乳首がぴんと持ち上がり、彼の口中で転がされる。

「あ、……あ、あぁ……っ、ふぁ」

白いのどをのけ反らせて、ミリアは喘いだ。

蜜壺は既に真珠の露を溢れさせ、花弁はひくひくと疼いている。彼の足の上で、腰がうねってしまうのを止められない。ペチャペチャと啜《すす》る音が淫らに響き、乳房は熱く弾けそうだ。

「あ……っ、い、いゃ……ライン……ハル、ト……っ」

「下のほうもかわいがってやろう」

熱い吐息と一緒に、そんな戯れを吐いて、彼はミリアの花蕾へと手を伸ばした。

つるりとその秘裂に指を忍ばせて、さらに奥へと侵入を試みる。

「んっ……んぅう……は……っ」

さんざん慣らされたはずなのに、始まりはいつもびくっとしてしまう。

ラインハルトの指が蜜襞を擦り上げ、あるところで止まる。

「ひぅ……っ」

ミリアの内襞が彼の指の付け根まで咥えこんで、絞めつけているのがわかる。それでも彼はゆらゆらと指を蠢かせて、ミリアの内側から溶かしてしまう。

濡れ襞からとろりとした淫らな滴りが絶えず溢れてくる。めらめらと燃えるような戦慄きに身体を支配され、ミリアはただよがるしかなかった。

「あ、あんっ、……ぁあ、……も、……もう」

自然と彼女の腰が揺れて、ラインハルトを求めてしまう。

「もう……無理……っ」

「おねだりか？」

ラインハルトにそう問われて、ミリアはこくこくと頷いた。

すると、彼がミリアの尻をくいと持ち上げ、次の瞬間、屹立が蜜洞を穿っていた。

「あああっ」

ずんと響く衝撃に悲鳴を上げたが、もう腰に力が入らない。へなりと砕けて自重をかけてしまい、自然に彼の剛直を呑みこんでいく形になった。

「あ……すご……い……」

「昨日までの私とは違うよ。常にグリフォンのことが気がかりだったのに、今はそのノイズが消えて、ただひたすらに、きみをかわいがればいいんだから」

これまでも十分に熱く愛されてきたと思うのに。

「ああ、苦しい……お腹の中が、あなたでいっぱいになっちゃう」

「私の頭の中もきみのことでいっぱいだからおあいこだ。いや、まだ私は十分じゃない」

そういうと、彼は勢いをつけて突き上げてきた。

「あああっ」

彼の言うとおりだった。グリフォンの呪いに侵されていた彼と、今の彼は全く違う。

これまでだってミリアにとってはいっぱいいっぱいだったけれど。

目が眩《くら》むほどの圧迫感と熱量がミリアを満たしていく。蜜襞のうねりとラインハルトの脈動が相まって二人はさらに強く結合する。

湯の跳ねる音と、散り乱れる薔薇の花びら、二人の汗と荒い吐息――。

どうしていいかわからなくなって、内腿を絞めつけてしまう。

たった二か月で、彼女は内部からすっかり変わってしまった。

もう、怯えたようにおずおずと彼を受け入れていた少女ではない。彼女の内なる肉の襞の全てが研ぎ澄まされて、彼の存在を感じている。

花弁は触れられる前から、与えられる快感を待ち望んで収斂し、全身へとその喜びを伝播《でんぱ》していく。

太くたぎった熱棒が、びくびくと脈動しながら彼女の胎内を舐め、抉り、擦り上げる。

胸が苦しいほど喘ぎ、長い睫毛に露を忍ばせる。嬉しくて、切ないほど愛しい。

ラインハルトの首にかけた手が思わず離れて、身体が浮遊する。

「ミリア……」

後ろに倒れそうになる彼女を力強く引き寄せて、ラインハルトはもうひと突きした。

「あ――っ」

ふいに、身体の奥から火花が散るような快感が上ってきた。

「あ……っ、アア」

がくがくと身体が震えてきて、突き抜けるような愉悦に硬直する。

目の前に流星がいくつも飛び、強張っていた身体がふっと解放される。

はっと気がつけば、彼女の再奥に熱いたぎりが放たれていた。

とくん、とくんと打ち放たれる彼の体液までが、神々しく尊いものに思える。

「ラインハルト……!」

夢のようだけれど、夢じゃない。

ミリアは幸福に酔いしれて、愛しい人の腕に崩れた。

＊　＊　＊

ミリアが浴室から戻ると、ヘラが恐ろしいほどの勢いでベッドのシーツを取り換えていた。

シーツだけでなく、枕も毛布も、全て別のものと取り換えて、上を下への大騒ぎだ。

「どうしたの、ヘラ？」

「あの破廉恥な女がここにもぐっていたのでございますよ！　ああ、おぞましい！」

モニカのことを言っているのだ。

ヘラが怪しいと言ってくれたおかげで、ラインハルトはモニカに気づいたという。

「お嬢様があんまり大人しくていらっしゃるから、奇妙に思ってこう言ったんでございますよ。『お嬢様、旦那様のガウンがほつれています』と。こんな話に飛びつかないお嬢様じゃあありません。あんな真っ暗な恐ろしいところで古いタペストリーを繕うと言ってきかないくらいなんですから……なのに、あの時は『そう』とだけの素っ気ないお返事でしたもの」

確かに、ヘラはお手柄だった。

そうでなければ、暗闇の中でミリアに成りすましたモニカと彼は――。

想像しただけで恐ろしいが、ヘラはそれをはっきりと口に出してしまう。

「あたしがご忠告申し上げなかったら、旦那様の貞操が危なかったのでございますよ！」

それには思わず笑ってしまった。

「ヘラ、そんな格好悪いことをあちこちで言いふらさないでくれよ」

遅れてやってきたラインハルトが困ったように言うと、ヘラはあわてふためいた。

「旦那様っ、申し訳ございません！　ですが、あの女をどうか厳しく罰してくださいませ。お嬢様……いえ、若奥様をあのようなひどい目に遭わせたのですから！」

「わかっている」

そう言った時のラインハルトの声は低く冷たかった。

それから、心から愛おしそうにミリアの身体を抱きしめて、しばらくそのまま何を思っていたのか知らないが、ひとしきり新妻の温もりを確かめると、こう言った。

「……私がいちばん怒っているのだ」

その夜、二人はヘラが清めたベッドで幸せな夜を過ごした。

情熱の赴くままに身体を重ねては、嵐が収まればただ大人しく、慈しむように触れあったりした。

むしろミリアはそちらのほうが好きだ。

彼とまぐわう時は、ミリアだけが気を遣ることが多くて、ラインハルトを愛おしむ余裕がない。

ほんのひと時ではあるが、彼の劣情が落ち着いて満足げにミリアを抱きしめて眠っているその顔を、密かに見つめてみたり、頬をそっとすり寄せてみたりして、美しい旦那様を愛でるのだ。

ミリアが心地よく幸せな疲労感にまどろんでいると、ラインハルトはひとりベッドから起き出して、バルコニーへ出た。
ミリアも彼の側に行く。
今、丘の麓から太陽が昇ろうとしているところだった。
赤く燃えるような空を、彼は何を思って見つめているのか。
昨日、彼は死の瞬間を見たのだろう。
そして生還した。
その喜びをかみしめているのか、黒い瞳が少し潤んでいるように見えた。
ミリアは彼の腕に寄り添い、二度とその手を離さないと誓った。

＊　＊　＊

モニカの放火によって礼拝堂の奥の聖具室は壁と簡易祭壇が焦げ、古の司教のローブは燃えてしまったが、大きな火災には至らずにすんだ。

改めてモニカを問い詰めたところ、彼女はミリアに呪いのことを密告したその日からこの城内に潜み、洗濯室から盗んだメイドのお仕着せを着て、使用人に紛れて厨房の食べ物を漁《あさ》り、半月以上も隠れ住んでいたのだった。

彼女の最も重い罪は、礼拝室に放火して公爵夫人を殺害しようとしたことだ。

ミリアは彼女に祠に閉じ込められなければ、ラインハルトを救えなかったと主張してモニカに恩赦を嘆願したが、モニカ自身がそれを拒み、半年後に処刑された。


それから公爵家ではいろいろな不可思議な出来事が起こった。

ある日、ミリアは羊皮紙の束を見つめて叫んだ。

「ラインハルト！　大変よ、文字が消えちゃってる！　どうしてこんなことに？」

義母から譲られた文書のほとんど全てが白紙に近い状態になっていたのだ。

ラインハルトの所蔵していた文書も同じだった。

公爵家の歴史書には、一族を襲った呪詛と、封呪の方法が書き記されていたはずだったが、不思議なことにそれらは消失してしまったのだ。

ラインハルトがそれを別の羊皮紙に書き写しても、書いたそばから消えてしまう。

「完全に呪いが解けたからだろう、おそらく」

また、同じことは特定の人々の記憶の中でも起こっていたらしい。

「私はどうかしていました。なぜあんなことを言い渡したのか、自分でも理解できません。伏してお詫び申し上げたいと思います」

諸問題が落ち着いた頃、突然初老の男が公爵家にやってきた。

クレンペラー伯爵だった。

「どうか、アレクサンドラに謝罪をさせていただきたい」

彼は数年前、ラインハルトの叔母を離縁したのだ。

本当なら、許しがたいことだった。

公爵の血筋が呪われているからと妻を追い出すような男を許せるはずがない。

しかし、当のクレンペラー伯爵にその『呪い』に関する部分の記憶が全くないのである。

これも呪いが完全に消えた影響と思い、ラインハルトの一存で拒絶するよりは、叔母に引き合わせてみようと判断した。

なにより、この二人には子どもはいなかったが、伯爵は離婚後、若い妻を娶ることもなく、ずっとアレクサンドラを忘れずにいたようである。

そうして公爵邸に呼び出されたアレクサンドラは、涙をためて元夫を見つめていた。

「許してとは言わないが、謝らせてほしい。貴女のいないこの年月は、光のない世界のようだった」

クレンペラー伯爵の言葉には誠実さが感じられた。

彼はただ深く頭を下げ、懺悔《ざんげ》の気持ちを伝えようとしていた。

「あなた、どうかお顔をお上げになって」

アレクサンドラがそう言い、伯爵に手を差し出す。

二人は何も言わず、手を取り合ってしばらく泣いていた。

これで両人の心は決まったようなものだった。

アレクサンドラの希望もあり、ラインハルトはその復縁を認め、祝福した。

「でも、お母様はおひとりになってしまうわ」

アレクサンドラが言うと、テレージアは笑って言うのだった。

「気鬱の種が消えたほうがよほど私のためになりますよ。話し相手はまた雇えばいいのですから……でも、今度は人選は孫に委ねるわ。この間は失敗してしまったから」

ラインハルトは呆れたが、それももう終わったこと。

だが、彼らが心を砕くまでもなく、フランチェスカが名乗り出た。

いつも不安そうな表情だった彼女は、今ではすっかり晴れやかな顔つきになっている。

「もう家政は息子夫婦に任せて、私は気楽な身分になったのよ」

彼女はそう言ってテレージアの邸に移り住み、共に旅をして過ごした。

ところで、ラインハルトが不信感を拭えなかった叔母夫婦だが、不思議なことに、復縁してまもなく子宝に恵まれ、叔母は四十近くして初めて一女の母となる。

以後、誰の疑う余地もないほど叔母夫婦は仲睦《むつ》まじく、一粒種の娘を溺愛しながら幸せに暮らした。

これにはテレージアも胸を撫でおろしたという。

「いろいろとあったけど、最後のほうは楽しかったわ」

晩年はそんなことを口癖のように言いながら、テレージアは安らかにその生涯を終えた。

エピローグ

十年後――。

のどかな春の庭。

仔犬が花園を駆け回り、蝶や小鳥が驚いて飛び立つ。

その中で、幼子の泣き声が響いている。

「坊ちゃま、どうなさったのですか？」

ドーリスは幼子の前に屈んで話しかけた。

彼女はその子どもが転んだわけでもなく、怪我もないことを確かめて安堵の顔をした。

子どもはべそをかきながら、玩具《おもちゃ》を見せた。

「ダグが、ぼくのにんぎょう、かじった」

ダグというのは公爵邸の子どもたちのかわいがっている仔犬の名だ。

「あら、本当だ。でも大丈夫ですよ、お泣きにならなくても。あたしがすぐに繕ってさしあげますからね……あ、でも奥様にお見せしたほうがいいかしらね。なんていっても、奥様はほころびというものが大好きでいらして――」

「誰？　わたしの噂をしているのは？」

そこに現れたのは公爵夫妻だ。

夫人は昨年生まれた末の娘を抱っこしている。

夫妻はこの十年で三男一女を儲《もう》けた。

「まああ、素敵なほころび！　……でも、今は我慢するわ。ドーリス、あなたが繕ってあげてね。わたしは当分、手がふさがってしまってるの」

夫人はさも無念そうに言った。

公爵夫人はとても気さくな方で、黙っていらっしゃったら驚くほど気品ある、美しい貴婦人なのに、メイド頭《がしら》のヘラさんに言わせると、繕い物好きのせいで台無しなのだそうだ。

ドーリスはそうは思わないけれど。

繕い物をなさっている奥様は、いつも輝いていて見惚れてしまうくらいだ。

「ミリアも随分大人になったものだな」

と、こちらもまた美貌の公爵が言って、夫人の肩を抱く。

「三人の息子が元気なおかげで、繕い物に事欠かないわ。それにドーリスはわたしが仕込んだから、腕は確かですもの」

「はい、奥様、かしこまりました」

ドーリスには親がいない。

養育院で育てられていたが、十年前に慰問にいらした公爵夫人に縫い物を教わったおかげで、貴族の館で縫子の仕事にありつけた。

そして数年腕を磨き、その後に公爵邸で雇われることになったのだ。

養育院は昔と違って、今は随分暮らしぶりもましになって、何よりも身よりのない娘でも、技術を身につけてちゃんと独り立ちできるようになった。

公爵夫人の提案で、公爵領にはたくさんの学校が建てられ、貧しい家の子どもも教育を受け、手に職をつけることができるようになったのだという。

特に、タペストリーを織る産業に力を入れ、この地方にはタペストリー工房が多い。

そして耕作地はどこも実り多く、極貧に喘ぐ民がほとんどいない。

公爵様が今の代になってから、よりいっそう公爵領は豊かになったと言われている。

ドーリスも、今は公爵夫妻の子どものお守り役として働きながら、同僚のギルベルタと一緒に若いメイドに縫い物を教えたりもしている。

それにしても、ご夫妻はなんて仲睦まじくていらっしゃるのかしら。

公爵様は奥様を見初められて、先代の喪中であるにも関わらず結婚なさったらしい。

二人は片時も離れず、公務も必ずご一緒されている。

先々代の夫人、テレージア様を看取られた後、フランチェスカ様はそのお屋敷にいらっしゃり、時々公爵夫妻が小さなお子様たちと訪問されるのを楽しみに、穏やかに暮らしていらっしゃるという。

今日も公爵領は平和そのものだ。

「お任せください、すっかり元通りにして差し上げますからね、坊ちゃま」

ドーリスはそう言って、公子《こうし》に微笑んだ。

あとがき

読者の皆様、こんにちは！

今回はファンタジーっぽいお話を書いてみました。

ヒロインは三度の飯より「繕い物」が好きな女の子で、繕い物にハァハァしたりメラメラしたりするのですが、傍から見るととんでもなく愛らしいという……でも文章だけでこの設定伝わるのか不安でした。ですが！　挿絵ラフを拝見しまして、ヒロインがめちゃめちゃかわいいので大丈夫そうです！

すがはらりゅう様、ありがとうございます！

ヒーローはいろんな意味で「選ばれし者」というスーパーヒーローですが、破れたマントと張り合わなくてはならないちょっと不憫なところがあります。

この二人をぜひ応援してやってください。

私自身はリフォームは得意ではないのですが、日本にはすごい技術がありまして「かけつぎ」というのですが、破れた布を糸でツギハギに縫うのではなく、元々の布から繊維を抜き取って、それで織り直すように修繕するのです。アンビリーバボーですよ。これは世界に誇れる技術でしょう。

小説は日本じゃなくて架空の世界なのですが、そんな技術を持った女の子がいたら面白いかなあと思い、このストーリーを考えました。

最後までお楽しみいただけたら嬉しいです。

担当様、編集関係者様、またまたギリギリですみませんでした！

すがはらりゅう様にもご迷惑をおかけしてしまいました、本当に筆遅くて……すみません！

お礼と同時にお詫びを申し上げます。

そしてこの本を手にとってくださった読者様、ありがとうございました。

またお会いできましたら幸いです。

北山すずな

ガブリエラブックスをお買い上げいただきありがとうございます。
北山すずな先生・すがはらりゅう先生へのファンレターはこちらへお送りください。

〒110-0016　東京都台東区台東4-27-5（株）メディアソフト
ガブリエラブックス編集部気付　北山すずな先生／すがはらりゅう先生　宛

gabriella books

MGB-080

伯爵令嬢は魔法を操るイケメン公爵に娶られ溺愛されてます
私の針仕事が旦那様のお命を救うんですか!?

2023年2月15日　第1刷発行

著　者　北山《きたやま》すずな

装　画　すがはらりゅう

発行人　日向晶

発　行　株式会社メディアソフト
〒110-0016
東京都台東区台東4-27-5
TEL：03-5688-7559　FAX：03-5688-3512
http://www.media-soft.biz/

発　売　株式会社三交社
〒110-0015
東京都台東区東上野1-7-15
ヒューリック東上野一丁目ビル３階
TEL：03-5826-4424　FAX：03-5826-4425
http://www.sanko-sha.com/

印　刷　中央精版印刷株式会社

フォーマットデザイン　小石川ふに（deconeco）

装　丁　齊藤陽子（CoCo. Design）

ISBN 978-4-8155-4306-8